ヘルメットをかぶった君に会いたい

鴻上尚史

ポット出版

『すばる』元編集長
片柳治さんへ

ヘルメットをかぶった君に会いたい　目次

ヘルメットをかぶった君に会いたい

1

その笑顔に魅《ひ》かれたのはいつの頃からだったか？

仕事部屋で原稿を書き続け、ふと、休憩のためにつけたテレビの画面で、深夜、僕は何度も、その女性に会った。

白黒の画面の中で、ヘルメットをかぶった彼女は微笑んでいた。

最初は、きれいな人だなと思った。繰り返し見ているうちに、だんだんと心の深い所までその笑顔は入ってきた。見るたびに、どきりとするようになった。

一目惚れ、とは違うと思う。

彼女は、20歳前後に見えた。

けれど、その映像は、30年以上前のもののはずだった。

彼女は、もう50歳を越えているはずだ。彼女の笑顔を見るたび、胸の奥がキュンとした。

けれど、頭の片隅で今の状況を予想することもできる。僕は10代の少年ではない。キュンとした瞬間、世界は彼女だけになるようなことはない。頭の片隅では、眩《まぶ》しく微笑む彼女が、30年前の存在で、今、この姿では存在しないということも分かる。

それでも、猛烈に、僕は彼女に会いたいと思った。

●

昔の曲を集めたCD集を紹介、通信販売するTV番組の映像だった。

ここしばらく、昔流行《はや》った曲を何枚かのCDに集めて、『青春の詩』とか『DREAM』とかのタイトルをつけて通信販売することがブームになっている。70年代のフォーク&ポップスだったり、昭和の歌謡曲だったり、60年代のオールディーズだったり、80年代のJポップだったり、「いったいどうしたんだ!?」というぐらい、いきなり、日本は懐古趣味におちいったように見える。

それぞれのCD集は、順調に売れてるという。かくいう僕も、70年代のフォーク&ポップスと、アメリカ音楽のオールディーズと昭和の歌謡曲とスタンダードジャズのCDを買っている。人のことは言えない。

この前は、とうとう90年代のCD集の通信販売のCMを見た。通販のCD集が好きな僕もさすがに驚いた。2004年に90年代を振り返るCM。ものみな急速に思い出に変え、現在以外の何もかもを懐かしいものにして、甘美な過去を呼吸していたいと、多くの人が思っているのだろうか。

彼女とは、『青春物語』というタイトルのCD集の紹介の映像で出会った。70年代を中心としたフォーク&ポップスを集めたものだ。70年代に流行った曲が、当時の記録フィルムと共に流れていた。

『あの素晴しい愛をもう一度（加藤和彦《かとうかずひこ》と北山修《きたやまおさむ》）』が、『大阪万国博覧会』の記録映像のバックに流れる。『たどりついたらいつも雨ふり（ザ・モップス）』が、『三島由紀夫割腹自殺』の映像のバックに流れる。このＣＤ集のキャッチは、「青春時代」。

●

初めて彼女を見た時は、酔っぱらっていたかもしれない。

原稿を書きおえ、もう寝ようと泡盛を飲みながら、僕はそのＣＭをじっと見ていた。

年代的には、ジャストミートではない。

『あの素晴しい愛をもう一度』は１９７１年。『たどりついたらいつも雨ふり』は、１９７２年。僕は中学生だ。このＣＤは、団塊《だんかい》の世代の青春の歌なのだ。

『サルビアの花（早川義夫《はやかわよしお》）』が『3億円強奪事件』のバックに流れる。事件は１９６８年12月に起こっている。僕は小学4年生。記録フィルムの中の出来事に、はっきりとした記憶はない。『サルビアの花』は、１９６９年。僕はリアルタイムでは聞いていない。

それでも、酔っぱらった自分には、その〝幻の過去〟が気持ちいい。まるで、自分の過去であるかのような幻の過去。そこに、自分の原点がある、かのような気分になる。団塊の世代が涙するはずの映像と曲に、じつは、僕は涙ぐむ。

いったい、なんなんだろうと思う。この幻の過去への激しい〝郷愁〟は？

共同体への郷愁を、過去の映像が代弁してくれているのだろうか？

僕にとって、「兎《うさぎ》追いしかの山、小鮒《こぶな》釣りしかの川」の代わりが、『大阪万国博覧会』や

『上野動物園にパンダがやって来た』というような映像なのだろうか？

　そうかもしれない。

　故郷は変わり続け、懐かしがる対象はほとんど残っていない。残っていたとしても、小学校の校舎は、木造から鉄筋のコンクリートになっていたり、建て替えられていたりして、過去は微妙に変わり続けている。

　けれど、過去の映像は変わらない。それは、不変の〝過去〟として、そこにある。

　中学や高校の時のクラスメイトは、どんどんと変わっていく。自分を含め、太ったりハゲたりオジさんオバさんになっていく。甘美な過去は、どんどん、現実の侵食を受ける。

　けれど、過去の映像は変わらない。

　過去が過去のまま、現実を拒否してそこにある。

　過去の曲も変わらない。その当時ヒットしたままの原曲が常にそこにある。現役のアーティストが、コンサートで今風にアレンジを変えるのでなく、その当時流行った音源が、そのまま、そこにある。

　そしてそれは、デジタルの力だ。デジタルが、過去を完璧にした。

　今までは、アナログのレコードやフィルムやビデオは、劣化し、色褪《あ》せ、故郷の風景のように時間の侵食を受けてきた。たまに見る家庭のビデオも、昔のカセットテープも、時間の侵食と共に、かつてのクラスメイトのように変化した。

　けれど、デジタルは変わらない。時間に侵食されない。過去が過去のまま、完璧にそこにある。

もう、かつての記録ビデオのように、輪郭が溶けてボケボケになることもない。フィルムが傷み、過去の印、傷の雨を画面に降らせることもない。

デジタルは、僕達の〝幻の過去〟を完璧にした。だからこそ、僕達は安心して、完璧な過去に没入できる。

僕は、過去の映像に猛烈に魅かれる。

例えば、70年前後の新宿の風景に魅かれる。その時、僕は新宿になんていないのに、四国の愛媛県でただの小学生だったのに、過去の新宿の風景に魅かれる。

何故だと聞かれても、うまく答えられない。

自分がそこにいたかのような気持ちにもなる。『激化する学園紛争』の映像の中に、自分がいるんじゃないかと、一瞬、本気で思い込む。

酔っぱらって、その風景を見ていると、僕は涙ぐむ。

それは、その世界の中で生きたいという願いと、それは不可能だという悲しみと、そこに映っている人たちのその後の人生を想像しようとする時に感じる切なさが混じった涙だ。

ドラえもんが現れて、あの映像の中に入ることができると言われたら、僕は本気でそうするだろうと酔っぱらった頭で考える。新宿駅西口のフォークゲリラの中にあなたの人生を戻してあげると言われたら、経験もしていない群衆の中に〝戻りたい〟と激しく思う。

『ドラえもん』の作者、藤子《ふじこ》・F・不二雄《ふじお》さんの傑作SFマンガに、長年タイムマシンの開発に失敗し続けた男が、最終的に、人間の念こそがタイムマシンの動力だと発見したという話がある。男は、ただ、過去に行こうと思い続けて、とうとうタイムマシンを完成させるのだ。

思い込みに不可能はない、とまた、酔っぱらった頭で思ったりする。

けれど、僕はただの懐古趣味に溺れているのではないと、自分のことを思う。たぶん、多くの人と同じように、明日のことを考え、明日の仕事の準備をし、今日の仕事を終えている。甘美な過去の中に引きこもっているわけではない。


1969年のヒット曲『風（はしだのりひことシューベルツ）』が流れて、学生運動の映像が流れ始める。

ヘルメットをかぶっている学生だけではなく、素顔で学生服のままデモをしている人もいる。ビラを配っている素顔の学生は、黒縁の分厚いメガネをかけて真面目そうな顔をしている。

ビラを受け取った学生は、ヒマそうにそれで紙ヒコーキを折ったりもしている。

僕には、学生運動の初期の映像だということが分かる。連合赤軍事件や内ゲバにたどり着く前の、どこかのどかさが漂う映像。

早稲田のキャンパスが映る。大隈重信の像が映り、カメラは大隈講堂の前をとらえる。入学式のように見える風景が映る。邦楽のサークルがお琴と尺八の演奏をしている。

ヘルメットをかぶっただけで、まだタオルで顔を隠すという発想のない学生達が、大隈講堂に入っていく学生にビラを配っている。一人、ヘルメットをかぶった女性の顔がアップになる。どこか涼しげで聡明そうな顔。彼女は、視線を移し、口を動かす。「あっ！こんにちは！」のように読みとれる。

その瞬間のはじける笑顔。

そこで、映像は変わる。時間にして、5秒ほど。彼女は二度と映らない。曲は、『イムジン河（ミューテーション・ファクトリー）』に変わり、映像も『泥沼化するイラク戦争』じゃなかった『泥沼化するベトナム戦争』に変わる。

けれど、彼女の笑顔は僕の心から消えない。

僕は、彼女に会いたいと思った。

ヘルメットをかぶった君に会いたい、と猛烈に思った。

●

僕は1958年生まれで、46歳になる。（たぶん、あなたがいくつであれ、25歳以上なら、自分がそんな年齢になるなんて想像もつかなかったはずだ。そして、あなたはずっと以前、あなたの今の年齢を、はるかに大人に想像しただろう）

学生運動は、10代や20代の若者達の間では、もう歴史だろう。歴史だから、正確ではなくなる。

僕なんかが、「学生運動の世代はね」と言うと、「えっ、違うんですか？」と驚かれたりする。

ちょうど、朝鮮戦争とベトナム戦争との区別がつかないようなものだ。そんなこと、誰にも教えてもらってないんだから、知っているはずがない。

世界的な反乱の60年代を担当したのは、団塊の世代、1947年から1949年に生まれた世代だ。世界的なベビー・ブームでもある。

映画『いちご白書』が学生運動真っ最中の話で、その後、この世代は、警察に追われれば映画『旅立ちの時』のような生活になり、管理を嫌えば、映画『フィールド・オブ・ドリームス』の夫婦として生きている。

僕はその10年後。

高校も大学も、学生運動がすっかり消え去り、学生運動に疲れ切った学校側の巧妙で陰湿な〝管理〟だけが残った世代だ。

●

学生運動の雰囲気を正確に、学生運動を知らない読者に伝えるのは、僕には不可能だ。

あなたが団塊の世代なら、僕の説明なんか必要としないで、学生運動とは何かということを知っているだろう。そして、学生運動に独特の屈折した感情を持っているかもしれない。

あなたが僕の世代なら、少ない情報の中、マスコミの影響による拒否反応の方が強いかもしれない。小難しいことだけ言って、殺し合いをしていた人たちじゃないかと。

あなたが若い読者なら、そもそも、地に落ちてしまった「社会主義」という単語から話を始めなければいけないだろう。それは、ファンタジーかおとぎ話のように聞こえるかもしれない。

伝えることは不可能だと、思う。けれど、少しは説明しないと、僕が彼女に会いたいという動機の半分を分かってもらえないことになる。

●

連合赤軍事件を扱った立松和平《たてまつわへい》原作・高橋伴明《たかはしばんめい》監督、映画『光の雨』（2001年）は、この時代を説明するナレーションから始まる。少し長いが引用する（それでも、このナレーションは、僕が知る限り、あの当時の、革命のロマンと戦う意味と過激にならざるをえなかった事情を、一番簡潔に分かりやすく表現した、当事者側の文章だろう）。

「革命をしたかった。生きるすべての人が幸せになる世の中を作りたかった。各人の持っている能力は100％発揮でき、富の分配はあくまで公平で、職業の違いはあっても上下関係はない。人と人との間に争いはないから、戦争など存在しえない」

……これがまず基本的な（1960年代の）社会主義・共産主義に対する（きわめてロマンチックな）理解だった。

若者らしい理想主義の変形だと、今なら、誰でも言える。だが、あの当時は、誰も、そんな批評的コメントだけでは納得しなかった。

生まれついての大金持ちも貧乏人もいない世界。貧しい人間を、大金持ちや大企業が抑圧したり、虫けらのように扱うことを拒否する世界。つまりは、公正な正義が実現する社会。

マルクスはやがて、国家も共産主義では死滅するとまで言っている。それが、科学的社会主義の理論によって、導かれると。

ナレーションは続く。

「そんな社会を作るための歴史的な第一歩として、人々を抑圧する社会体制を打ち破る革命をしなければならない。そのために僕等は生きていた」

今なら突拍子もないアイデア。あの当時なら、（賛同するかどうかは別にして）普通に思われていた考え。

「1960年、その最初の闘いの時、僕等はまだ中学生だった。日米安保条約に反対する人々のエネルギーは、既成政党のコントロールを越え、大きな力となって国会を包囲した。国会議事堂の周りに人間の壁が幾重にもできた。まさしく日本の歴史が変わろうとする瞬間だった」

映画『光の雨』は、学生運動の流れをここから説明している。それは、団塊の世代の立松さんや伴明さんが、1960年の日米安保から社会的な視点を持つようになったということだろう。

僕には、この視点も記憶もない。

「しかし、国会は、警官隊という暴力装置に守られていた。その闘いの最中《さなか》に、一人の女子大生が殺された」

映画では、東大生・樺美智子《かんばみちこ》さんの虐殺抗議デモの記録フィルムが流されている。

「武器を持たない大衆の異議申し立ては、あっけなく踏みつぶされ、闘争は停滞した。理想の社会を作るため、長い長い試行錯誤が始まった。いくつもの指導部ができ、分裂し、統合していった」

それは、既成政党ではなく、学生の中から生まれた。

「僕等はそんな時代に大学生になった。時の政府は、僕等の国をベトナム戦争の参戦国とし、日本中のアメリカ軍基地はベトナム戦争の最前線となった」

ベトナム戦争の始まりを、米軍の北ベトナムへの爆撃からだとすれば1964年から、1975年のサイゴン陥落まで。（ミュージカル『ミス・サイゴン』は、まさにこの時の話だ）

2004年、イラク戦争におけるアメリカの泥沼を、ベトナム戦争の泥沼に、各国のマスコミはたとえた。

アメリカ寄りの南ベトナムを助けるために、アメリカは、北ベトナムに侵攻した。社会主義化をくい止めるという大義だった。

ベトナムで壊れた戦車は、日本で修理して、またベトナムに送り返された。負傷した兵士は、日本で治療を受けて、再びベトナムへ飛んだ。これが、〝ベトナム戦争の最前線〟という意味だ。日本は、ベトナム戦争に参戦し、ベトナムの人々を殺していると、多くの日本人は感じた。

「日本で戦うことはベトナム人民と連帯することだ。多くの人々が、平和を守る闘いに参加し、僕等はその先頭に立った。しかし、僕等の抗議のデモは、警官隊の厚いジュラルミンの盾に押し潰されていた。僕等は、その壁を破るためにヘルメットをかぶり、角材と石を握った。それは武装するということの始まりだった」

画面では、武装する前の無防備な学生達が、機動隊にボコボコにされている映像が映っている。

「僕等は自分達の足元の矛盾や不条理にも闘いを挑んでいった。学費値上げ反対闘争、学内自治権の獲得、その闘いは社会の中での大学とは何か、学生とは何かを問うこととなり『大学解体』というスローガンが出てきた。セクトを越えた連帯、『全共闘』の誕生だ」

セクトは、グループという意味。全共闘は、全学共闘会議の略。一般の学生が、『全共闘』という形で、闘争に参加した。

「僕等のささやかな武装は、敵のさらなる武装化を招き、僕等の闘争を潰すために、あらゆる法と罪状が適用された。いつしか世論は僕等を暴力学生と呼び始めた。無力感や敗北感が漂い始めた。すべての党派が飛躍を問われ、過激な方針を打ち出した」

映画は、ここでやっと、物語に入っていく。時間にして、約3分。

通常の映画の文法なら失敗作である。例えば、ファンタジー映画で、何故、この闘いが始まったのか？　続いているのか？　どんな意味があるのか？　を、冒頭、3分間も使ってナレーションしたとしたら、そんな作品は、失敗作と見なされるだろう。

けれど、この説明がなければ、これからの2時間の物語がまったく理解できないのだ。それほど、観客の間に、基本的な知識や共通の理解がない、ということだろう。

通常は、説明の必要がない歴史だけを映画にすべきだと考えるのだろうか。関ヶ原の合戦も新撰組の闘いも、国民は大枠を知っている。細かいことは知らなくても、なぜ、その闘いが必要なのか、どんな意味なのかを、ぼんやりと知っている。だから、長いナレーションは必要ない。

けれど、30年前の学生運動の意味を、少なくとも、当事者より下の世代は知らない。1400年近く前の『大化の改新』よりも、30年前の学生運動の意味を、若い世代は知らない。

知らないけれど、どうしても、ちゃんと映画化したいと当事者が思ったら、3分間、説明するしかないのだ。

映画『突入せよ！「あさま山荘」事件』（2002年）は、同じ連合赤軍事件を扱っているけれど、ナレーションはひとつもない。全編、「暴力学生が、女性を人質に立てこもった」という筋立てがあるだけだ。アクション&サスペンス映画には、そもそも、ナレーションは不必要なのだ。ナレーションが長くなればなるほど、映画は大衆を失う。届く範囲と距離が狭く短くなるのだ。では、深さはどうか？

●

そして、僕が学生運動に対して持っている複雑な感情を、学生運動を知らない読者に理解してもらうことも不可能だと思っている。実際、僕は、同じヘルメットでも、暴走族のヘルメットだったら、映像だけで感情移入することはなかっただろう、と思う。激しく、会いたいと思うことはないだろう。

高速道路や峠のバトルで事故死していく人たちに対して、ロマンを感じることはない。

けれど、共感やロマンを感じる人たちは確実にいるだろう。説明不要で、その世界が好きな人はいる。けれど、今まで関心がなかった人に対して、そのロマンをちゃんと伝えることは不可能に近いだろう。だから、僕の学生運動に対して持っている感情を理解してもらえるとは思ってない。

僕達の世代は、〝遅れてきた世代〟とか〝シラケ世代〟とか言われた。高校や大学から、学生運動がほとんどなくなった世代だ。

だからこそ、僕は、猛烈に憧れた。

たぶん、当事者よりも周辺にいた人間、遅れて来た人間の方が、思い入れは強いのだ。作家本人より、作家の家族の方が作品を熱く語り、解散したバンドは、バンドの当事者よりも、周辺の人間が伝説を作る。劇団を運営していた人より、劇団の運営に従っていた人の方が思い出を忘れない。

当事者は、思いを吐き出して、どこか納得しているのだ。部外者は、満足に吐き出せなかったからこそ、そして部外者であっただけに、吐き出しても吐き出しても中心に届かないからこそ、吐き出し続けるのだ。

僕が今まで会ってきた人間で、学生運動を熱く語った団塊の世代の人たちは、みんな、部外者だった。一度だけデモに行ったことがあるとか、クラス討論をしただけとか、学生運動の周辺にいた人たちだ。周辺だからこそ、彼ら彼女らは、熱く語った。本当に中心にいて傷ついた人たちの話を聞いたことはなかった。

ただし、僕が部外者として激しい憧れを持っていた高校時代は、〝内ゲバ〟と呼ばれるセクトとセクトがお互いを殺し合う学生運動末期の現実しかなかった。田舎の高校生にまで聞こえてくるのは、たまの殺人事件のニュースだけだった。

●

1977年、僕は高校を卒業して早稲田大学を受験した。

試験の後、正門を出た所で、ヘルメットにタオルで顔を覆《おお》った人たちが立て看板を前に声を出していた。

条件反射のように、僕は立て看板の前に引き寄せられていった。

立て看板には、写真が張りつけられていて、襲撃の事情が説明されていた。敵対する党派《セクト》と警察が一体となって、自分達を襲った。警察と一体化している証拠を見つけた。そんな文章だった。

ヘルメットをかぶった男性がすっと近づき、話しかけてきた。

何を会話したのか覚えていない。

はあ、はあと曖昧な返事をしながら、けれど、「学生運動に興味あるんだ」という言葉にだけは、「ええ」と答えた。

ヘルメットの男性が、瞬間、身構えたのが分かった。自分達の党派に獲得できそうだと、本気になったんだと感じた。

けれど、受験生なのだ。

ヘルメットとタオルの間にわずかに出ている目が、僕をじっと見つめる。

「合格したら、××自治会へ来てよ」と快活に告げた。僕の顔を、絶対に忘れないように目に焼き付けているようだった。

その夜、東京のホテルで僕はうなされた。とうとう自分が渡ってはいけない川を渡ってしまったと感じたのだ。

自分は、今さら学生運動にのめり込み、それは、もう世間では〝過激派学生〟とか〝極左暴力集団〟と呼ばれている存在で、国家や警察と戦うのではなく、同じ学生運動から出た党派がお互いを殺し合う〝内ゲバ〟と呼ばれる運動に飛び込むことになるんだ、とうなされた。

大学に受かり、青春を楽しもうと思った時、あのヘルメットをかぶった男性が近づき、そして、僕は断れない。結局、下宿に来られ、教室に来られ、革命のロマンを語られて、それが現実とはズレていると分かっていながら、僕は川を渡ってしまう……。

本気で僕は焦った。

そして、幸か不幸か、この年、僕は早稲田大学を落ちた。京都で浪人生活を送ることになり、川を渡る恐怖から解放されたのだ。

●

高校の時、「自分の感性よ、どうか、鈍くなれ」と念じ続けた時期があった。

四国の田舎の高校で、一人、学生運動の記録にはまり、このままだと、今すぐにでも〝革命運動〟に飛び込むんじゃないかと自分で自分に怯えたのだ。

それを止める方法はたったひとつ。自分の感性を鈍くすること。世界の矛盾も教師のご都合主義も政治の腐敗も生きる意味も革命のロマンも、すべて関係ないような感性になること。

あの時期、僕は本気で自分の感性を鈍くしようとし続けた。想像力をなくし、痛みを感じる回路をなくし、無感動に生きようとした。そして、それは成功した。

教師がどんなに生徒の人格を無視した発言をしようと、校則がいかにバカバカしかろうと、僕は目をつぶった。目をつぶって、自分の感性をぼんやりとさせた。それが、生き延びていく知恵だった。

そして、そうすればそうするほど、学生運動のロマンに、深い所で憧れていた。

●

10年近く前、『光の雨』を撮る前の高橋伴明監督と酒の席で一緒になった。

「どうか、勝つ学生運動の話を撮ってくださいよ」

と、僕は伴明監督にお願いした。

主人公は、鉄パイプ1本で機動隊100人をバッタバッタとなぎ倒し、バリケードは勝利し、最後は、学生の高笑いで終わる映画。超娯楽革命大作。

「どうです？」と聞けば、

「そういう映画は、鴻上君が撮ってよ」

と笑って返された。

当事者は、誠実に学生運動と向き合う映画を撮られたのだ。部外者の激しい思いとは関係なく。

●

そして、僕は、部外者として、ヘルメットをかぶった彼女に会いたいと思った。

どうやったら、確実に彼女にたどり着けるんだろうと考えた。考え抜いて、小説誌に連載という形で書き続けることに決めた。毎月、僕はヘルメットをかぶった彼女への旅を続ける。

連載にすれば、仕事になり、僕は彼女へ近づくステップを無条件で踏み続けなければいけない。戸惑い、怯え、途方に暮れても、旅を続けなければいけない。最終的に彼女に辿りつけなくても、連載は旅の日誌となり、日誌を書くことで旅は続けられる。逆に言えば、日誌を書くのをやめた時が、旅を終える時なのだ。

僕はCD集を出している会社のホームページをインターネットのサーチエンジンで探し、電話番号を見つけた。

まず、あの記録フィルムについて聞こうと思った。

ヘルメットをかぶった君への旅の始まりである。

2

ＣＤ集を出している会社のホームページは、すぐに見つかった。

いくつものＣＤ集が宣伝されている。70年代を中心にしたフォーク&ポップスだけではなく、80年代を中心にしたヒット曲集、70年代~90年代の女性アイドル・アーティストのヒット曲集などが邦楽、洋楽ともにそろっていた。

「お問い合わせ」の項目をクリックし、「商品に関するお問い合わせはカスタマー・サービス・センターへ」という文章の下に書かれた電話番号に電話してみた。

呼出し音が鳴る中、なんと言おうかと一瞬、迷う。

「お電話ありがとうございます。××ミュージックです」

陽気で事務的な声が聞こえた。

「あの、『青春物語』というＣＤ集のテレビＣＭに映っている女性について知りたいんですけど」

「はあ?」戸惑いと警戒の匂いが反射的に声に漂う。

マニュアルの受け答えに慣れると、マニュアル以外の質問には無意識に拒否が先行するのだろう。

「あの、集英社の『すばる』という雑誌の者なんですが、『青春物語』というテレビCMの制作の方に話を聞きたいんです」

「ああ、それでしたら、この番号ではなく、別の所におかけ下さい。いいですか、番号は……」

彼女は、質問の内容ではなく、「集英社の『すばる』」という単語に素早く反応しただけだと分かる。

本当は、出版社名をあまり名乗らないようにしようと、取材の始めには思っていた。けれど、いきなり、挫《くじ》けてしまった。できるだけ、〝個人〟として問い合わせたいと思っていたのに。

●

早稲田大学に入学した後、『早稲田大学演劇研究会』というサークルに入った。入っていきなり、先輩達の劇団の下働きをすることになった。

ある芝居にスタッフとしてついた時、演出家が、

「国鉄の（その当時は、JRではなく国鉄だった）四人掛けの客車用椅子を、装置に使いたい」

と、言い出した。

演出家の言葉は、絶対の命令である。

舞台監督だった僕は、国鉄に問い合わせ、寿命が来た客車の行き先を聞いた。新品の椅子を大学の一サークルが買うことは不可能だが、廃品ならなんとかなるんじゃないかと考えたのだ。

民間の町工場が解体していて、そのひとつは大船にあると、国鉄の担当者は教えてくれた。

さっそく電話をし、椅子を売って欲しいと頼んだが、あまり、いい返事ではなかった。

「じつは、僕達、早稲田大学の演劇部なんです」

と名乗った瞬間、

「そうか。じゃあ、いいよ」と、気が抜けるほどあっさりと許可が下りた。

「あの、いかほどですか？」

「いいよ、いいよ。どうせ、解体するモンだから、タダでやるよ」

信じられない返事も来た。

それではいくらなんでもと思った僕は、日本酒の一升瓶2本で、四人掛けの客車用椅子を二組、貰った。昔懐かしい、背もたれが90度のベンチ式の椅子だ。二人掛けが向き合って、四人掛けの一組になる。

我ながら、とっさの対応に感心した。正確に言えば、「早稲田大学の演劇部」ではない。早稲田大学の公認サークルではあるが、大学にたくさんある劇団のひとつに過ぎない。他にも、公認サークルの劇団はたくさんあるのだ。

けれど、劇団名を名乗るだけでは、電話に出た中年のオジサンは、許可を出さなかっただろう、という確信がある。

「早稲田大学の演劇部」という、〝ちゃんとしているような匂い〟が、一升瓶2本と、椅子二組を交換させたのだ。

●

カスタマー・サービス・センターで教えられた電話番号に連絡した。

いきなり、「集英社の『すばる』という雑誌の者なんですけど」と名乗る。

「お世話になってます」と、条件反射のように声が返る。

けれど、『すばる』は、この音楽会社を世話してはいないはずだ。絶対の確信がある。

けれど、こう名乗ると、話が猛烈に早い。

なるべくなら、『すばる』だと名乗りたくないと思ったのは、誰でもヘルメットをかぶった彼女にたどり着く可能性を残したかったからだ。マスコミの人間ではなく、ただ、深夜、テレビの画面に映った女性にほれた普通の男が、あらゆるツテを探って、一人の女性にたどり着く。そうでなければ、意味がないと思ったのだ。

「だがまあ」と、内心、自分を納得させる。もし、僕が一般の人間だったとしても、何回かの電話の後、きっと、雑誌をデッチ上げるだろう。その方が、はるかに話が早いとやがて気付くのだ。

日本語よりカタカナの名前を適当にデッチ上げれば、たぶん、それ以上は突っ込まれないだろう。世の中の雑誌名をすべて知ってる人間なんているはずがない。

「あの、『キシリトール』という雑誌の者なんですけど」

だの、

「すみません、雑誌『ポリフェノール』なんですけど」

と、堂々と言えば、個人名で問い合わせるより、はるかに事態は簡単だろう。

そんな名前はギャグ過ぎるというのなら、アルファベット2文字や3文字で十分だ。雑誌『HD』だの、雑誌『TR』だのと言っておけば、間違いなく、話は進む。

テレビCMについて問い合わせたいともう一度、繰り返した。

電話を受けた男性は、自分は営業の者で、その質問の件は制作の人間が知っているが、今日はもう帰社しないので、明日、電話して欲しいと、担当の名前を僕に告げた。

お礼を言って電話を切る。

いよいよ彼女への旅が始まったのだと、心の深い所で興奮している自分がいた。

●

次の日、教えられた名前を電話口で告げる。

電話に出た女性は、

「集英社の『すばる』という雑誌の鴻上というものですが」と名乗る僕に向かって、

「お世話になってます」という社交の呪文を、瞬間的に唱えた後、「どのような御用件でしょうか?」

と質問した。

昨日と同じ説明を繰り返す。

「どの曲ですか？」単刀直入な声が、電話口で響いた。

「『風』という曲です。早稲田大学の入学式風景が映ってると思うんですけど」

「ああ、ありますね。そうですか。ええと、CMを作ったのは、当社ではなくて、制作会社なんですね。詳しいことをお伝えしていいかどうか、制作会社の担当者と話してみます。のちほど、こちらから連絡を差し上げてもよろしいでしょうか？」

「は、はい。携帯なんですけど、いいですか？」

僕は、自分の携帯の番号を彼女に教えた。

●

どれぐらいかかるんだろう、なるべくならすぐに返事して欲しいと、内心、焦っていた。じつはこの時、僕は、ギックリ腰の治療のために、鍼灸院《しんきゅういん》に行く時間が迫っていたのだ。

自分の名誉のために書いておくが、何かを持ち上げようとしたり、靴下をはこうとしたりして、ギックリ腰になったのではない。

なんと、別の鍼灸院で、治療を受けた結果、ギックリ腰になったのだ。

冗談のようだが、本当だ。

秋にやる芝居の台本をずっと書いていて、背中が張ってきたので、いつもの鍼灸院に行った。ここは、治療時間が30分ほどですむという、手軽で気軽、便利な鍼灸院なのだ。

背中が凝ってますね、と言われて、ハリでほぐしてもらった後、立ち上がると「あれ？」と、妙な違和感を腰に感じた。

これはいかんと、軽くストレッチをしているうちに、どんどん腰が痛くなり、動けなくなってしまった。

「す、すみません。腰がものすごく痛いんですけど」焦りながら告げれば、

「じゃあ、もう一度、ベッドに寝て下さい」先生が応えた。

けれど、ベッドに上がれない。腰がほぼ動かず、瀕死の亀のようにベッドにはい上がった。

僕も焦ったが、先生はもっと焦った。

どうして、こんなことになったのか？

先生は、置きハリの治療をしたが、腰は全然、よくならなかった。

で、これから行こうとしているのは、ここではなく、スポーツ選手やバレリーナ、俳優がケガした時に行く、別の鍼灸院だ。僕も自分が行くより、故障した俳優に紹介する場合の方が多い。プロ用の治療がメインの鍼灸院だ。

もう三日ほど、連続で通っている。

「どうしてこんなことになったんでしょう？　家の近くの鍼灸院さんも、別に悪くないと思うんですけど」、プロ用の鍼灸院で先生に言えば、

「鴻上さん、なんか、特別なことはしなかったですか？」と、逆に聞かれた。

「そういえば、あの、電流で腹筋を鍛える機械があるでしょう。お腹に電極を貼りつけて、

ピクピクさせるヤツ。たくましい腹筋が欲しくて、ずっと座りっぱなしで台本書いてるんで、あれを腹筋につけて、ピクピク、ギューギュー、ってやってたんです」

「どれぐらいですか？」

「そりゃもう、何時間もですよ。一日、8時間ぐらいかなあ。座っている間は、ずっとやってました」

「ああ、鴻上さん、それです。分かりました。腹筋が、それで疲れ切って、体を支えられなくなってたんです。で、体は、背筋だけで支えていたのに、背筋をハリで緩めたから、体が支えられなくなって、立ち上がった後、ギックリ腰になったんです」

「ああ、なるほど」

話を聞いて、視界が明るくなった気がした。どんなことであれ、原因が分かれば、それなりに嬉しいものである。

「あれは、一日、15分から20分だけのものなんですよ。自覚がないまま、腹筋に負担をかけてしまうんですから」

そういうわけで、私はギックリ腰になった。決して、老化現象とか運動不足とかいうことではない。えっ？　情けなさはあんまり違わない？　いや、情けないのは、身体を手軽に変更できると思ったことだ。

頭を切り替える時間と、身体を変える時間を同じに考えたのだ。そして、身体が抗議した。

外出するために、歯磨きをしている時、携帯がなった。慌てて、口をゆすぐ前に、携帯に出る。

音楽会社から連絡を受けた制作会社の女性だった。

「どういうことでしょう？」

音楽会社から、なんとなくのことは聞いていたが、いまひとつ理解できないという口調で、彼女はいきなり尋ねてきた。

音楽会社は重要なお得意さんで、そこからの連絡だから邪険には扱えなくて電話したけれど、面倒な話は嫌なんだ、という雰囲気が電話口から伝わってきた。

もう一度、説明した。今までで一番丁寧に説明した。

「ああ、映ってますね。ええ、ヘルメットをかぶった女性、います。分かります」

彼女は、すぐに答えた。

さすがに、CMを作った人は、映像を覚えているのだ。

「すいません。なんていう雑誌でした？　出版社は？」

彼女はもう一度聞いて、僕はもう一度、集英社の『すばる』という雑誌の鴻上という者だと繰り返した。

「あんまりお答えできないんですよ。競合他社さんも、たくさんありましてね。どういう映像を、どこから持ってきて使用しているのかというのは、企業秘密なんですよね。簡単に、あの映像を使いましたって教えてしまうと、とってもまずいんですよ。それが、会社のウリですから」

「ええ、それはそうだと思います。ですけど、あの、僕は、ヘルメットをかぶったあの女性のことが知りたいだけなんです」

手掛かりを失わないようにと、必死で食い下がった。

「そうですか……」彼女は、事務的に困った口調になった。

「映像を借りた先方の都合もありますので、相談した後、また、お電話します。よろしいですか?」

「は、はい。もちろんです!」

僕は、できる限りの謙虚さと感謝の意を言葉に込めて返事した。

●

恵比寿にある鍼灸院で、1時間の治療を受けた後、カバンの中に入れてあった携帯電話を見ると、制作会社からの着信が記録されていた。

留守電を聞いてみるが、何も残されていない。

やっぱり、治療を受けるべきじゃなかったのかと、一瞬、嫌な予感に襲われた。

タクシーを止め、「早稲田へ」と告げた。

今日は、夕方の6時から第二文学部で授業をすることになっているのだ。僕は客員教授というモノをやっている。

現在の時間は、5時5分。着信の記録は、30分ほど前だ。

タクシーの車内から、制作会社に電話した。ただし、初歩的なミスで、女性の名前を聞いていなかった。事務手続きになれてないと、こんなことになる。電話口の相手の名前を聞くのは、社会人の常識なのだ、たぶん。作家は、そういう常識を忘れがちだと、自戒する。

電話口に出た男性に、「すみません。お名前を失念したんですが、『青春物語』を担当なさっている女性の方をお願いします」と告げた。

やがて、聞き覚えのある声が電話口に戻ってきた。

「先方と連絡がつきました。『Y通信』という会社です。担当は島田さん。一応、お問い合わせの内容を説明したんですけど、女性のことはまったく分からないそうです」

彼女は、早口で説明した。

「いいんです。できるだけのことが知りたいだけですから。どうもありがとうございました」

電話番号をメモした後、丁寧にお礼を言って電話を切った。

タクシーは、早稲田大学に向かって明治通りを走っていた。

●

『早稲田大学演劇研究会』に入って2年目。僕は自分の将来について、ずっと迷っていた。政治の季節は終わり、飛び込む熱意も醒めていた。けれど、演劇で生活できるという確信もなかった。劇団もまだ旗揚げしていない時期だ。

授業にはまったく出席せず、ただ、大隈講堂の裏にある演劇研究会のサークルに入り浸っていた。

ある日、久しぶりに、学割を取りに法学部に足を向けた。大学のキャンパスに入るのは、何カ月かぶりだった。

法学部の前で、人だかりがしていた。

なんだろうと覗き込めば、『原理研究会』が新入生勧誘の机を出していた。合同結婚式で有名な統一教会と関係があると言われている団体だ。

横に、拡声器（トラメガ）を持った自治会の人間がいた。M派の人間だった。

自治会の人間が、この新入生勧誘の机を撤去しろと拡声器から伸びたマイクを握って叫び、原理研究会の人間が、どうして撤去しなければいけないんだと、これまた拡声器で反論していた。

野次馬が取り囲み、ワイワイガヤガヤと論戦を聞いていた。

自治会の人間が、原理研究会の問題点を追及している時、原理の人間は、突然、「あなたは、早稲田の学生なのか？　ここは大学のキャンパスである！　学生以外は去れ！」と、反論した。

それは、野次馬全員がなんとなく思っていたことだった。学生にしては老けている。たぶん、30代だろう。30代でも学生はいるが、彼は学生ではないだろう。バリバリのM派の活動家だろう。僕達が知らない時代を経験している活動家なんだろう。

拡声器のマイクを持っていた自治会の人間は、うっと詰まり、近くに集まっていた自治会の輪の中に戻った。

しばらくして、若い男が自治会の輪の中から出てきて、マイクを持った。いかにも、昨日、田舎から出てきました、僕よく分からないままここにいます、マルクスってブラザーズのことですよね、という素朴で頼り無げな若者だった。

マイクを持った声は緊張と不安で震えていた。

原理の人間は、ここぞとばかり、新入生勧誘の正当性を言い続けた。ここに机を置いて何が悪い、これは正当なサークル活動である。

自治会の若者の反論は紋切り型で、なんの説得力もなかった。いや、内容の前に、震える声で何を言われても、インパクトはない。

「タイム！」

さっきの老けた自治会の男が、若者の側に飛んできて叫び、すぐに、彼を自治会の輪の中に連れ戻した。さかんに耳打ちしているのが見えた。若者は、はいはいと激しくうなずいていた。

その姿を見ながら、野次馬達は、「こんな時でも『タイム』って言うんだあ」と、妙なおかしさをかみしめた。

若者は、急いでマイクに戻り、今、覚えました、自分では意味はよくわかりません、という言葉を連発した。

だが、本人が納得してないんだから、説得力なんかあるわけがない。原理の人間に、また激しく反論されて、うっと詰まってしまった。

「タイム！」また、声が飛んだ。

いったい、タイムは何回までなんだ？　と野次馬が思っている間、若者はアドバイスを受け、またマイクの前に戻った。

若者が喋り出す直前、原理の男性は、

「お前は、共産主義のロボットか！」

と突っ込んだ。

「ほうっ……」称賛に近い声が野次馬の間から漏れた。

「いい突っ込みをするなあ」という肯定に近い声だった。

これで、若者はペースを失った。

震える声はさらに力を失い、間があいたまま、ぽつりぽつりとしか反論できなくなってしまった。

「どうしてそんなに間をあける！　どうしてそんなに言葉に力がない！　内容じゃないだろ！　テンポだろ！　これだけの客を前にして、なにトロトロしてるんだよ！」

と、僕は内心叫んでいて、気がついたら本当にマイクを握っていた。

どうやって、自治会の若者からマイクを奪ったのか、まったく記憶がない。カラオケで、自分の十八番の曲がかかって、選曲した部長から無意識にマイクを奪ったサラリーマンのようなものだろうか。たぶん、近い。

「あのね、新入生勧誘の出店を出すのは、自由かもしんないけどね、高田馬場駅前で、原理と名乗らないで、アンケート取ったり、ビデオ鑑賞会に誘うのは卑怯じゃないか？」

たたみかけるように、よく通る声で、ぶつけた。なにせ、中学の時から演劇部でずっと発声練習を続けている。

「おおーっ！」

100人近くに膨れ上がっていた野次馬は、やっと話が面白くなったという歓迎の声を上げた。

誰だ、こいつは？　自治会の人間じゃないみたいだ、だいいちジャージを着ている（演劇の稽古の途中で、ジャージ姿だった）、発音が明瞭で分かりやすい、テンポを知っている。野次馬は、いきなり、僕の側に立った。

「お前はいったい誰だ？」

原理の人間は、少し焦りながら、言い返した。

「だから、一般学生だよ。高田馬場駅前ではさ、堂々と原理って名乗りなよ。自分の教養や活動に自信があるんなら、そうできるでしょう？　あれ、それとも、自信ないの？」

実際、高田馬場駅前のアンケートでは、後輩が何人かだまされていて、腹を立てていたのだ。

「そんな勧誘はしていない！」原理の人間が叫んだ。

「嘘つけ！　お前が駅前でアンケート、取ってるのを見たぞ！」

野次馬から声が飛んだ。どよめきが広がった。

「あのさあ、駅前でだましてアンケート取るでしょ。で、『スリー・デイズ』っていう合宿に誘うでしょ。寝させないでしょ？　ずっと『原理講論』を吹き込むでしょ。参加費、3万円も取るのに、夕食のカレーには、肉が入っていなかった！　セコ過ぎる！」

野次馬がどっと笑った。

笑いを取れれば、こっちのものである。

これは、実際に『スリー・デイズ』という洗脳合宿に参加した後輩の女の子の感想だった。

後輩の体験だったのに、話の流れで、僕自身の体験になってしまった。

「寝させないなんて嘘だ！」

また原理の人間が叫んだので、

「こうやって、布団から引きずり出されて、眠いのに延々、話を聞かされたぞ！」

と、引きずり出される姿を滑稽に演じながら、話を続けた。

また、野次馬から笑いが起こった。

野次馬は、300人近くになっていた。

一人、僕のすぐ近くで、スーツ姿の長身の男が、じっと僕の話を聞いていた。笑いもせず、興奮も見せず、ただ、じっと立って聞いていた。その冷静さが、妙に気になった。

「ええか、駅前でアンケートを取るのは自由や。けどなあ、正体を隠してやるのは、やめんかい！　よし、今日からやめよう！　約束だぞ！　指切り！」

と、さらに突っ込むと、

「だって、原理研究会って名乗ってアンケートを取ろうとしたら、みんな、逃げるんだよ。

なかには、原理って言っただけで、ツバをかける奴もいるんだぞ。そんなんで、アンケートなんか取れるわけないだろ！」

泣きそうな顔で、原理の人間は答えた。

「そうか、お前もつらいんだなあ！」

野次馬からすぐに声が飛んだ。あきらかに楽しんでいる。

「なるほど！」

「分かる気もするぞ！」

そのたびに、笑い声が上がる。

やがて、どこからともなく、

「帰れ！」

という声が上がった。

「帰れ！　帰れ！　帰れ！」

野次馬は、すぐに声をそろえて、一大シュプレヒコールになった。

その瞬間、いやーな気持ちがわき上がってきた。

野次馬が、個人であることを放棄して勢いで集団を作り、ただ、「帰れコール」を大声で叫ぶ感覚に、なんだか自己保身のまま楽しみたいという嫌らしさを感じたのだ。

だいいち、「帰れ！　帰れ！　帰れ！」と叫び続けるのは、あまり頭がよくない感じがして、僕は嫌いなのだ。せめて、「帰れ！　帰れば！　帰るとき！　帰れ！　帰る！」とでも活用しながら叫べば、まだ、素敵だと思うのに。

「あ、つまんない展開になってしまった。このまま、終わるのか？　一番、頭の悪い結末だ」

　そう思っていると、僕のすぐそばでじっと聞いていたスーツ姿の長身の男が、さっと、原理の机の片方を持った。

　マイクを握っていた男は、その瞬間、机の反対側を持って、移動し始めた。

「あ、原理の人間だったのか……」僕は少なからず衝撃を受けた。

　こんな近距離にずっといて、その気になったら、僕を刺すことも殴ることも出来たなと思ったら、少し寒くなった。

　それでも、渦巻いている「帰れコール」の方が、もっと寒かった。

　原理の人間は、机を持ったまま、キャンパスの奥に消えていった。盛大な拍手が起こった。僕は内心、しまったと思っていた。

　野次馬が三々五々、立ち去る中で、ポンと肩を叩かれた。振り返ると、最初にマイクを握っていた自治会の男性が立っていた。M派の人間だ。

「がんばったね」

　優しい微笑みでそう言われて、

「あ、あの、はあ、どうも、それじゃ」

と、シドロモドロに答えて、全速力で大隈講堂裏の演劇研究会の部室に戻った。

　それから1週間後、再び、大学の正門を入ろうとしたら、向こうから、あのスーツ姿の男性が歩いてきた。長身でやせた姿は、不気味な冷たさがあった。

瞬間、目が合い、彼も僕もハッとした。

「やられる……」とっさに思った僕は、すぐに正門から引き返した。

それでも、法学部の事務所に行かなくてはいけない用事があったので、南門に回った。

南門に入った瞬間、また向こうから歩いて来るスーツ姿の男性と目が合った。驚きは倍加して、僕もスーツ姿の男性も立ち止まった。

そして、すぐにお互いは理解した。お互いがお互いから逃げるために、南門に回ったということを。

思わず、苦笑いが出た。スーツ姿の男性の顔にも、ほんの一瞬、苦笑いが浮かんだ。それは、初めて、その男性に感じる、人間らしい表情だった。けれど、その表情は、一瞬で消えた。

二人は、ゆっくりとすれ違った。僕は苦笑いしながら。彼は、元の無表情のままで。

それは、ピュアな表情だった。なんのノイズもない、完璧なほどピュアな無表情だった。彼は、教義を信じることで、このピュアな世界に居続けたいんだと僕は感じた。一瞬、彼の顔に浮かんだ苦笑いは、まさにノイズで、彼はノイズをきっぱりと否定したいんだろう。けれど、彼が拒否した世の中は、思わず苦笑いするノイズにまみれた世界で、僕はこのノイズにまみれた世界で生きていくことを選びたいと思った。

●

制作会社の女性に教えられた『Y通信』に電話して、島田さんをお願いした。

島田さんは、外出していた。携帯の番号を教えて、電話を切った。

タクシーは、早稲田大学に近づいていた。

もうすぐ降りるという所で、携帯が鳴った。慌てて出れば、『Y通信』の島田さんだった。

「話は聞きました。あれは、『Y通信ニュース』というニュース映像です。映画館で、本編が始まる前に流されていたニュースです。あのヘルメットの女性が映っているニュースはですね、えっと、昭和44年4月11日版です。『新学期が始まる』というニュースでした。でも、残念ながら、それ以外のことは分かりません」

僕は興奮しながら、聞いた。

「あの、あのニュースを撮ったカメラマンとか、ディレクターさんとかの記録は残ってないですか？」

「ないですねえ。分かるのは、そこまでです」

「あの、その記録を見るためには、どうしたらいいですか？」

「うちへ来ていただければ、無料で見られます。映像が欲しい場合は、VHSのビデオテープに5000円ほどでダビングするサービスをやっています。その場合は、使用目的を書いていただかないとだめなんですが」

僕は、彼女に会いたいんだと、もう一度、繰り返した。

「その場合は、調査・研究ですね。ファックスで申し込んでいただければ、お送りします」

僕はファックス番号を聞いて、お礼を言って電話を切った。

タクシーが早稲田大学に着いた瞬間、もう一度、島田さんから携帯に電話があった。

「あのですね、去年定年退職して、嘱託になったうちの社員ディレクターが、今日、たまたま出社してるんですけどね、彼、ヘルメットの映像を見て、このニュース、作ったの自分だって言ってます。ディレクターだったそうです。ここにいるんですけど、話しますか？」

「お、お願いします！」

僕は興奮して叫んでいた。

3

「じゃあ、あのニュースを撮ったディレクターに代わります」

『Y通信』の島田さんは、そう言った。

しばらくして、電話口から、年配の男性の声が聞こえてきた。「もしもし」

反射的に、声を返した。「もしもし、あの映像を撮られた方ですか？」

「はい、そうです」

声の主は、山口と名乗った。年齢は、61歳。たまたま、今日は会社に来ていて、島田さんに何か知らないかと聞かれたという。島田さんと一緒にモニターを見れば、それは、間違いなく自分が撮った映像だった。

「覚えてられたんですか？」

「覚えてますねえ。世の中が騒がしかった時代ですからねえ、早稲田も何か起こるんじゃないかって、行ったんです」

「大隈講堂の前ですか？」

「いえ、あれは、文学部です。文学部の記念会堂前ですね」

携帯で話しながら、タクシーを降りた。文学部の正門を通れば、目の前は、記念会堂だ。昭和44年、西暦で1969年、ヘルメットをかぶった君はここにいたのだ。

「記念会堂ですか。てっきり、大隈講堂だと思ってました」

「いいえ、文学部の記念会堂ですね。正門近くで、ヘルメットの学生と一般学生が激しく議論してるでしょう?」

山口さんは、僕がニュース全部を見ていると思っているのだ。

「いえ、そこは見てないんです。山口さんは、ヘルメットをかぶったあの女性について、何か御存知ないですか?」

文学部のスロープを登りながら、僕は一気に核心を質問した。

「それがね、綺麗な女性だったという記憶しかないんですよ。撮る時に、名前も何も聞きませんからね」

予想した答えだったが、少し失望した。気を取り直して、聞きたかった他のことを尋ねた。

「学生運動じゃないですか。それなのに、顔を撮っても平気だったんですか?」

学生運動と言えば、ヘルメットにタオル覆面というイメージがある。写真でも、後ろ姿だったり、顔を黒く塗りつぶしているパターンを多く見る。なのに、映像の彼女は、アップで笑っているのだ。

「大丈夫だったですねえ。たまに文句言われることもありましたけど、滅多になかったですねえ。だいたい、普通に撮れましたよ」

平和な時代だったのだ。そうとしか思えない。

「でも、どうして、あの女性に興味を持ったんですか？」今度は逆に山口さんが質問してきた。ディレクターとしての習性だろうか。

「今、テレビで彼女の映像が、通信販売のCD集のCMの時に流れてるんです。週に何回もです。山口さんは御存知なかったですか？」

「いえ、残念ながら知らないですね」

「自分が撮ったニュースがそういう形で、また流れてるのって、どう思われます？」

「それは、なんともコメントできませんね」

山口さんは、肯定でも否定でもないニュアンスで答えた。

「で、彼女の微笑みに魅かれたんですよ。ものすごく素敵な笑顔じゃないですか。会ってみたいなあって思ったんです」

「なるほど」

「学生運動って、暗いイメージが多いのに、こんなに素敵な微笑みがあるんだなあって」

「……それは、入学式ってこともあるでしょうね」

山口さんが、意外なことを言いだした。

「どういうことです？」

「彼らは、新入生を集めるのが目的ですからね。愛想はいいですよ。満面の笑みで、新入生に話しかけてましたから」

ここで、僕はハッとした。彼女は、映像の中で、「こんにちは」と取れる口の動きをしている。手前に映る男性の後ろ姿は、少し年配に見えた。彼女が、ヘルメットをかぶったまま、例えば大学教授と会話しているのかと僕は思っていた。

だが、新入生勧誘の風景だと思えば、一気に納得できる。男は、地方から出てきた角刈りで学生服の学生の後ろ姿なんだろう。

そうか。勧誘の微笑みなのか。

「ショックを受けましたか?」

山口さんが、見透かしたような声をかけてきた。

「彼らも、必死ですからね。しょうがないでしょう」

山口さんは、現在、61歳。ということは、取材当時、26歳。じつは、学生とあまり変らないのだ。

「あの時代をどう思われます?」僕は思わず山口さんに聞いた。

「面白かったですねえ。毎日、お祭りみたいでしたよ。こっちは、毎週1本のニュースを作らないといけませんでしたからね。スケジュールはきつかったんですけどね、あの当時は、面白い方が勝ってましたね」

山口さんの声はだんだんと熱気を帯びてきた。

「学生が騒いでいるのだって、心情的には、応援してましたよ。私の親会社のY新聞は、学生運動に批判的でね。対するA新聞は、好意的だったんですね。私達は、『Y通信』だって行くと、学生達が、『なんだ、Y新聞の回し者か!』って騒ぐから、Y新聞とY通信は違うんだって、よく、言い返しましたよ。どっかで、何かが起こってて、あっちこっち、走り回ってましたね」

「なるほど」

「それに比べて、今の学生はつまんないよね。もっと騒げばいいと思うんだけどね。なんか去勢されてるって感じだね」

僕の目の前には、記念会堂の前を歩く、今の学生がいた。

ほかにも、いくつかの会話を山口さんとした。ニュースを撮ったカメラマンはすでにお亡くなりになっていることも分かった。35年も前の話なのだ。そういうことも起こるだろう。

また、何かあったらお電話していいですかと聞いて、話を終えた。山口さんは、気持ち良く、いつでもと答えてくれた。

携帯を切り、スロープの頂上から、記念会堂を見下ろした。会堂の中では、学生がバスケットの練習をしていた。外では、会堂のガラスに姿を映して、数グループがストリート・ダンスの練習をしていた。ヒップホップ系の今風のダンスだ。

会堂前の広場を、学生がのんびりと歩いていた。いくつか置かれたベンチでは、カップルが話し込んでいるか、放心した学生がタバコを吸っている。

35年後の記念会堂前には、どこにもヘルメットの姿は見えない。

早稲田大学の授業の開始時間が迫っていた。

僕は、第二文学部の授業を担当している。今日の授業は、目隠しをして、キャンパスを歩くというものだ。

二人一組になり、最初の15分は、片方が目隠しをしたまま好きな方向に歩く。それを見守るパートナーは、危険を避けるための必要最低限度の言葉しかかけない。

目隠しをした相手が、ゆっくりと歩き出し、目の前に壁が近づいたら、

「ストップ!」と声をかける。

そして、「右か左に行けます。もちろん、後ろにも」とだけ、声をかける。

決して、「目の前に壁があります」とは言わない。

危険を避けるための必要最低限度のことしか伝えないのだ。

これは、キャンパスの中で、完全に迷ってもらうための手続きだ。「目の前は壁」だの「ドアがあります」だの言っていると、目隠しをしたまま、ずっと頭の中でキャンパスをマッピングし続ける学生が、たまに出現するのだ。

完全に迷って、目隠しのままキャンパスを15分間さまよった後は、パートナーが、行く方向を指示する。

「そのまま、まっすぐ」「そこで、右に45度、曲がります」さまざまな指示を出しながら、パートナーは、目隠しした相手を、15分間、さまざまな場所に連れていく。

なるべく、屋外とか屋内とかいろんな場所に連れていって欲しいと僕は言う。

禁止していないので、毎年、正門から出ていって、早稲田通りを目隠ししたまま歩かせるパートナーも出てくる。明治通り近くまでたどり着く強者《つわもの》も出てくる。

その15分の中で、必ず一度、「全力疾走する」ことがルールだ。ほとんどの生徒は、このルールを言った瞬間、悲鳴を上げる。

目隠ししたまま、全力疾走。

「まあ、やってみてよ。もちろん、怖くて走れない人は、走れないなりの全力疾走でいいんだから。お尻を突き出して、スローモーションでもいいよ。とにかく、全力疾走しようとしてみて下さい」僕は、微笑みながら答える。

教室を出て、生徒達がペアになる。

40人ほどの集団で20組だ。タオルやバンダナ、睡眠用のアイマスクで目隠しして、ゾロゾロと授業は始まった。目隠しを持ってくるように、先週、伝えておいたのだ。

恐る恐る右足、左足と出しながら、ゆっくりゆっくり進んでいく人間は、問題ない。

毎年、ここで、まったく動けず、座り込んでしまう生徒が出現する。

そういう生徒には、座り込んだ耳元に、

「いいんだよ。動けないなら、動けないままで。動きたくなったら動いて下さい」

と、声をかけて歩く。

人間、5分もじっとしていると、さすがに、恐怖にも飽きてくるのだ。最初は、パニックになるが、5分じっとしているうちに、体がモゾモゾとしてくる。生きる意志かもしれないと、大げさでなく思う。暗闇に放り込まれて途方に暮れても、時間がたてば、探検する意志が恐怖心を越えていく。探検する意志は、つまりは、生きる意志なんじゃないかと思う。

座り込んだり、動けない生徒は、たぶん、恐怖に敏感なのだ。暗闇という基本的な恐怖に敏感だということは、動物というレベルで見ると、優秀なタイプなのかもしれない。

そして、毎年、一人は出現するのだが、目隠しをして、「それじゃあ、スタート！」と叫んだ瞬間、ものすごい速度で、ズンズンと歩いていく生徒がいる。何故か、男子学生に多い。

これが怖い。

数秒後にケガをすることが決まっているかのような速度なのだ。

僕は急いで、その生徒に近づき、

「待て。落ち着け。ゆっくり歩け」

と指示する。

男で、オタクっぽい学生であることが多い。体育会系ではなく、文科系、それも極めて論理的だったり、ファンタジーが好きそうな学生に多い。

目隠しをして、素早く歩き出すということは、簡単に言えば、体のセンサーが壊れているということだ。暗闇の中で、手さぐりもせず、摺《す》り足で地面を確かめることもせず、いきなり、早足で歩く。

動物としては、真っ先に死ぬタイプだ。そんな生徒が、毎年、40人の中に一人はいる。運動が苦手なのとは、微妙に違う。体が激しく固かったり、体のバランスがズレていたりする。

数年前には、

「今日は目隠しをします」

と言った瞬間、

「私は人前では目をつぶりません」

と宣言した女子学生がいた。

それだと授業にならないから、なんとかなりませんか？　と聞いても、なんともならないと彼女は答えた。

しょうがないので、名前を聞いて、出席にするからと言って帰ってもらった。目隠しができなければ、この授業は成立しないのだ。帰っていくその生徒の後ろ姿を見ながら、いったい、何が彼女の目隠し拒否の原因になったんだろうと考えていた。

正直に告白すれば、僕が作家として、大学教授を引き受けてよかったと思うのは、こういう生徒に出会った瞬間なのだ。

現実は、僕の想像力を遥かに越える。

目隠しをして、座り込む生徒は想像できる。恐る恐る右足を出して、いきなりつまずく生徒も、目隠しの下から地面をずっと見つづけている生徒も、目隠しをした恐怖の余り、しゃべり続けながら歩く生徒も想像できる。

だが、目隠しをしていきなり早足で歩き出す生徒や、人前で目をつぶることを拒否する生徒を、僕は想像できない。

以前の授業で、

「じゃあ、床に仰向けに寝っ転がって下さい」

と指示して、40人近くが仰向けに寝た時、ただ一人、立っていた女子生徒がいた。

「どうしたの？」

と聞けば、彼女は、39人が寝ている間に立って、

「私は、横になりません」と、決然と答えた。

39人の寝ている生徒と、その中で一人立っている生徒の対比が鮮やかで、僕はショックを受けた。

どうしても人前では横にならないというので、これまた、名前をこっそり聞き（デリケートな問題だと判断して、彼女の名前を他の生徒に聞こえないようにして）、出席にして、帰ってもらった。

こういう生徒は、すべて、僕の想像力を越える。お前の想像力はその程度なのかと言われればそれまでなのだが、しかし、一見、平和なキャンパスの中で、突然、出現する〝異物感〟に僕は衝撃を受ける。

これが、俳優志望者が集まったワークショップだったりすると、衝撃は受けない。変な言い方だが、俳優志望者の中には、異物感に満ちた存在は多い。俳優という職業が呼び寄せるのか、俳優という職業が逃げ場所になっているのか、僕は俳優志望者が、突然、号泣したりケイレンしても、驚かない。

僕は、そういう人と話したり稽古する時は、いつも、ペンを持っていたり、近くに置いていたりする。これは、相手がケイレンした時、舌を噛まないように、咄嗟《とっさ》に口に入れるためのものだ。

一度、痙攣《けいれん》性の病気の発作に立ち会い、手近に口に噛ませるものがなくて慌てた経験がある。それ以来の、自分に課した習慣なのだ。

……書きながら、今、気付いた。大学で出会う〝異物感に満ちた〟生徒達は、みんな、〝普通〟の顔だちをしているのだ。普通の雰囲気で普通の立ち姿で、なのに異物として僕の前に現れる。そのギャップが、僕の想像力を越えるのだ。

俳優志望者の場合は、初めから、外見が異物っぽい人が多い。

大学で教え出して、今年で6年になるのだが、外見が普通なのに異物である生徒は、少しずつ増えているような気がしてならない。

逆に、俳優志望者で、見るからに異物な存在は減ってきている。

●

目隠しの授業の間、僕は、キャンパスを歩き回る。あちこちにいるペアを確認するためだ。

21世紀になって、また、『身体論』がブームになっている。1970年代にも、『身体論』のブームがあった。

『身体論』がブームになるということは、つまりは、思想や理論、イデオロギーが信じられないということだろう。もっと言えば、頼りになるのは、フィクションではなくフィジカルということだ。

信じられることは、理論や思想のフィクションではなく、どれだけ自分の肉体が興奮したか、心拍数を上げたか、体温を上昇させたか、アドレナリンを分泌したか、というフィジカルな手応えになる。

　そう考えれば、『ロード・オブ・ザ・リング』や『ハリー・ポッター』シリーズの冒険物のヒットや『世界の中心で、愛をさけぶ』の純愛物のベストセラーも『K－1』を初めとする格闘技のブームも納得がいく。

　すべて、観客の体温は上昇し、心拍数も上がることを当然とする作品やジャンルなのだ。生きている実感は、自分の肉体で確かめる。自分の頭脳でも精神でもなく、肉体。

……僕は皮肉で言っているのではない。そうなることは当然だと言っているのだ。良いも悪いもない。

　あなたの目の前の人間が、さんざん、難しそうなことを喋っている。その理論にあなたは満足できない。かつて満足した人がいたようだが、その人たちは、どうも幸せになってないような気がする。そういう時、あなたは何を信じようとするか。

　理論はいくら考えても、正しいか正しくないか分からない。ならば、目の前の人の言っていることが、具体的にあなたの体温を上げたか、あなたの感情を揺り動かしたか、を判断基準にするしかないではないか。

　どんなに立派そうなことを言っていても、あなたの体温を上昇させなかったのなら、それは、ゴミなのだ。理論ではなく、理論を語る相手の熱意や口調、存在や雰囲気やエネルギーがあなたの体温を上げたのかどうか。

　あなたが生きているという手応えは、思想や理想、夢を信じることではなく、もっと具体的に、あなたの身体を実感するということだろう。あなたの体の体温、心拍数、汗、感情、それらが上がり、流れ、高ぶることが、生きているということなのだ。

僕達は、フィクションではなく、フィジカルで自己確認する時代に生きているのだ。

●

そして、この目隠しの授業も、また、自分自身の「からだ」と出会う授業なのだ。

実際に目隠しをしてみると分かるが、最初の数分は、パニックになる。が、徐々に、「からだ」が、外界と会話し始める。動物として優れていればいるほど、パニックの時間は短くなる。

まず聴覚が敏感になり、自分が屋外にいるのか屋内なのか、屋内なら狭い場所なのか廊下なのかを、音で感じるようになる。次に、臭覚。近くの匂いに敏感になる。そして、足の裏の感覚。アスファルトなのか土なのか。平坦なのかスロープなのか。そして、皮膚感覚。風を感じ、人の接近も感じるようになる。皮膚感覚として圧迫を感じるようになるのだ。

そして、6番目の感覚、身体感覚が敏感になる。体全体で、世界を感じる感覚である。普通、6番目の感覚は、第六感（シックス・センス）というオカルトの領域だと思われるが、僕の判断だと、それは、7番目の感覚で、その前に、『身体感覚』と呼ぶものがある。

それは、体全体で感じる能力のことだ。車の運転の上手《うま》い人は、広い道から狭い道に入ると、運転している体が自然に狭くなる。肩を縮め、腕の幅を小さくして運転するのだ。

そして、また、広い道に出ると体が自然に大きくなる。肩が広がり、背中が広がり、腕の幅も大きくなる。体全体で、道を感じているのだ。運転の下手な人は、どんな道を走ろうと、体は強張ったまま、一定の形で動かない。逆に言えば、身体感覚で道を感じられない人は、運転が上手くならない。

本気で僕は、一度、30分以上、目隠しをすることをお薦めする。自分の視覚以外の感覚がどんどん敏感になることに驚くし、同時に、世界は、こんなに音と匂いと風と足の裏の感覚に溢れていることに衝撃を受けるのだ。

そして、目隠しをしたままの全力疾走も。初めての感覚、理解不能なことが、こんなにも身近に存在していることに驚くはずだ。

前述した、目隠しをした瞬間に早足でズンズンと進んでいく生徒は、視覚と頭脳だけで生きているということが分かる。動物としての「からだ」が機能していないのだ。昔の言葉だと『頭でっかち』というやつだ。

僕はそういう生徒には、いつも、この標語を言う。

「あたま」と「からだ」の争いでは、いつも、「からだ」に味方せよ。

●

キャンパスのあちこちにいる生徒を見回りながら、さらに考える。

けれど、お前は、「からだ」にたどり着きたかったのか？　と。

あの当時、僕は、「からだ」に支えられた思想にたどり着きたかった。大学で実際に出会った学生運動は、理論の袋小路で迷っているように見えた。この迷宮を脱出するのに必要なものは、理論を延々と重ねた理論ではなく、身体に支えられた理論だと思った。だからこそ、大学に入って演劇を選んだ。

『早稲田大学演劇研究会』という演劇のサークルに入ったのは、大学2年の時だった。

京都で一浪した後、早稲田大学法学部に合格した。けれど、大学には1カ月で失望した。自分が何をやりたいのか分かっていなかったが、ただ、法律ではないことはすぐに気付いた。入学して1週間もしないうちに、司法試験のために、一日最低5時間は勉強しなければならない、なんていう会話が飛んでいた。司法試験のための、特別授業も用意されていた。

手続きをするクラスメイトを見ながら、吐き気に襲われた。大学受験のために、一日の大半を机の前で過ごして、これからさき、また大学の4年間（そして間違いなくそれ以上の数年間）を机の前で過ごさなければいけないのかと想像したら、猛烈な吐き気に襲われたのだ。

法律は、僕を刺激しなかった。刑法のほんの一部、痴情のもつれだの怨恨《えんこん》だのは面白く感じたが、それだけだった。

授業にまったく出なくなり、いったい、自分は何をやりたいんだろうと考え込んだ。

1年後、自分はやはり演劇をやろうと決めた。

それは、言ってみれば、リハビリテーションだった。

劇団を作った後も、「どうして演劇なんですか？」と、よく聞かれた。そのたびに、「死なないためのリハビリテーションです」と答えた。

当時は、茶化し半分の答えだと受け取られたが、僕は真剣だった。何かをしていないと、間違いなく自殺しているという確信があった。けれど、演劇は、なかなか、自殺させてくれなかった。やることが、山ほどあったのだ。

やり続ければ、生きる意味が見つかるだろうという楽観があった。それは、「からだ」に支えられた思想や哲学という形で現れるかもしれないと思っていた。

単純に血圧を上げたり、体温を上げたりする方向の物語は、退屈に感じられた。そうすることで、大切な何かが失われるんじゃないかと思われた。

●

キャンパスのペアを見て歩きながら、内ゲバの時代だったら、こんな授業は絶対にできないだろうと考えた。

目隠しをして歩くなんてのは、襲撃の格好の対象になる。

69年の4月、まだ、凄惨なリンチ事件は起こっていない。所属するセクトのマークが書かれたヘルメットをかぶったあの女性は、本当ににこやかに微笑んでいる。

72年9月。M派と対立していたH派のシンパと思われた文学部1年の男子学生は、M派に6時間にも及ぶリンチを受け、死亡する。シンパと思われても一般学生だった彼の殺害に対して、多くの早大生は、抗議行動を開始する。

M派のヘルメットをかぶっていた彼女は、その時、どうしたのだろう？

●

『Y通信』の島田さんにファックスを送って、山口さんが撮ったニュースを注文した。使用目的は『調査・研究』だ。

三日して、『Y通信』から、ビデオが届いた。一緒に、請求書が同封されていた。VHS複製費が5000円。送料が600円。消費税込みで、計5880円。5880円で、過去のニュースが買えるのだ。高いと思うか安いと思うか。

さっそく、ビデオをセットする。

『Y通信ニュース』という文字が映り、ニュースが始まる。

すぐに、ヘルメットをかぶってデモをする学生の映像に、『新学期は始まったか』の文字がかぶさった。『新学期は始まった』ではなく、『新学期は始まったか』という疑問形だったのだ。

最初に京都大学の入学式が映る。ヘルメットをかぶった学生が、壇上に上がり、式が30秒で終わったという映像。一般学生が、ヘルメットの学生に対して、「帰れ！　帰れ！帰れ！」と叫んでいる。

そして、「学生運動の最右翼、早稲田大学は、意外にも静かな新学期を迎えている」というナレーションと共に、記念会堂前の風景が映る。

「キャンパスは新入生たちに対するサークル勧誘のお祭り気分で賑わっている」

さまざまなサークルの風景が映る。

そして、ナレーションの「だが、ここにも」という声と共に学生運動の立て看板が映り、白いヘルメットの集団がその前を走る。誰も顔を隠していない。

「一人でも多くの新入生を我が陣営に引き入れようと、必死の構え」

そして、ヘルメットをかぶった君が映る。ナレーションは、

「微笑みも作戦のひとつ」

●

山口さんが作ったニュースなのだから、山口さんの言った通りのコンセプトのナレーションなのは当然だ。

……この気持ちは、例えば、いつも行く喫茶店の女性が、とびきり素敵な微笑みをしていて、本当に感動していると、

「だって、お客さんだもの」

と言われた心境に近い。

お客に向ける愛想笑いだと分かって少し失望し、しかし、その微笑みの素敵さに、商売であることを忘れる。当然、忘れる方が悪い。だが、忘れさせるほどの微笑みを持つ女性は、そう多くない、と思う。商売であることを忘れさせる話術やセクシー・アピールはあっても、微笑みは少ない、はずだ。はずだと思うことがすでに、術中にはまっているのだが、はまっていると分かっていても、はまる。彼女の微笑みは、それぐらい素敵なのだ。

映像は、議論する学生とヘルメット姿の男になる。これが山口さんが言っていた二人だ。「物珍しげな新入生達は、彼らの主義・主張にニヤニヤ」69年は、ニヤニヤの時代なのだ。抗議でも絶望でも憎しみでも無視でもなく、ニヤニヤ。次に、ファッショナブルな女性を映して、「私達には関係ないわとこの世の春を楽しむノンポリ学生」

ニュースの最後は、「若者達の間には、深い断絶感が流れる」

ニュースは他に3本。1本は、『プロ野球開幕』。映像の中では、王さんや長島さんが打ち、走っていた。時代はつながっているのだ。はるか昔の、どこか遠い国の話ではない。『新学期は始まったか』も『プロ野球開幕』も、この国の昔のニュースなのだ。どのくらい昔かと言えば、今、解説者や監督をやっている人が現役のプロ野球選手だったぐらいの昔のことなのだ。それを、はるか歴史の彼方と言うのか、ほんの少し前と言うのか。

映像代の5880円を銀行に振り込んだ夜、『ジャパネットたかた』のテレビ通販で、DVDビデオレコーダーを、4万9800円で買った。ビデオを、DVDに録画できる機械である。

彼女の映像を、DVDに焼き、それをパソコンでプリントアウトすることにした。

手掛かりは、一旦、途切れた。今後は、彼女の写真を持って、あの時代、記念会堂前にいた人に、聞いて回るしかないと思っている。69年にあそこにいた人達は、果たして、本当のことを言ってくれるのか？

ヘルメットをかぶった君への旅は続く。

4

ヘルメットをかぶった君の映像には、コピー・ガードがかかっていた。

BSデジタル放送からビデオテープに録画した君の映像を、DVDに落とそうとすると、画面が乱れてうまく実行できないのだ。

『Y通信』から買った映像には、画面の上半分に大きくタイムコードが映っていて具合が悪い。なので、CD集のCM映像からプリントアウトしようと思ったのだが、うまくいかない。

その前後、学生が大勢で盛り上がっている風景には、コピー・ガードはかかっていなかった。特定の個人の顔のアップだから、CM制作者はコピー・ガードをつけたのじゃないかと、うがって考えた。

けれど、深夜の放送では、そもそも、顔のアップが盛んに流れているのだ。いくらコピー・ガードをかけても、その時点ですでに無意味なんじゃないかと思うが、とにかく、DVDに落とせない。

しょうがないので、テレビの画面を、直接、デジカメで撮った。画質としては、一段階、落ちる。

すぐに、何人かの親しい編集者に送った。

1969年当時、早稲田でヘルメットをかぶっていた人に、彼女の写真を見てもらうためだ。

●

連載を始めて、この時が来るだろうという予想から、かつて、学生運動をしていたような関係者を当たってみて欲しいとお願いしていた。

結果は、意外なものだった。

噂を元に、学生運動をしていたかどうか質問すると、それはどういう意味だという顔をした後、「話すことはないな」とそっけなく言う人が多いらしい。

運動に、深くかかわったと思われる人ほど、そういう反応だという。

それは、大会社のサラリーマンだからかもしれないと、勝手に想像する。大手の出版社をはじめ、大企業に今現在、勤めているということは、当然、学生運動を、ある時点で辞めたということだ。

その〝辞めた〟という思いと、〝今は大企業〟という現実。それが、自分の過去を曖昧にしか語らない理由なのかもしれない。

だが、そういう人も、ヘルメットをかぶった女性の話をすると、ほぼ全員が興味を示すという。

「ぜひ、その写真を見せてくれ」

と、どの会社の編集者たちも、言われるらしい。

どんなリアクションが来るのだろう。

●

学生運動を担った世代に対しては、僕自身、複雑な思いがある。はっきり言えば、反発の方が強いかもしれない。

騒ぐだけ騒いで、荒らすだけ荒らして去っていった世代、という思いだ。

後には、荒廃したキャンパスと徹底した管理だけが残った。僕は、そんな風景の中で、大学生になった。だからこそ、何かをしたいと思った。

●

劇団を作って2年目、旗揚げから3本目の芝居の時に、僕達は、大隈講堂の前の広場にテントを建てて公演しようと決めた。

早稲田大学のシンボル、よくドラマにも登場する大隈講堂の時計台がある前の広場だ。

いつもは、その裏にある小さな広場にテントを建てて、公演していた。

テントと言っても、幅7メートル、長さ15メートル、高さ5メートルの巨大な直方体である。観客は、詰め込めば、200人は入る。

早稲田大学演劇研究会の〝財産〟だった。

アングラの芝居に影響されて、先輩たちが、鉄パイプやビニール・シートやイントレ(建設用足場)などをまとめて買ったのだ。

この〝財産〟で、早稲田大学演劇研究会は、どこでも、空き地や広場があれば、即席の劇場テントを建てて、演劇をすることが可能になった。

●

元々、早稲田大学演劇研究会は、ひとつの団体として、公演を打っていた。演劇研究会の名前で、ひとつの作品を上演していたのだ。

そうすると、50名近くいる会員は、たった一人の演出家とたった一人の劇作家のために集まるということになる。

これが、まとまらない。

毎年、春、数人の演出家と数人の劇作家と数人の幹部俳優は、「こんな作品をやりたい」と、それぞれに結集して劇研総会に計画書を提出する。

あとは、多数決である。

が、計画書と戯曲だけで、1本に絞り込めるはずがない。

どれが本当に面白いのか、いやそもそも演劇表現において面白いとはどういうことなのか、いや戯曲が圧倒的に面白くても演出家に才能がないと思った場合はどうすればいいのか、いや演出家は好きでも演出家がいつも指名するあの幹部俳優が大嫌いな場合はどうしたらいいのか、などなど、書き出すと、何十ページを使っても終わらない様々なファクターによって、劇研総会は、毎年、もめにもめた、らしい。

演劇研究会の財産はテントだけではなかった。豊富な照明機材や音響機材、そしてなによりも、アトリエと呼ばれるブロック造りの稽古場の存在が決定的だった。これがすべて無料で使えるのだ。大学の演劇サークルとしては、日本一恵まれていると言っても過言ではないだろう。

だからこそ、プロ指向の人間達が集まった。演出家になるために、留年に留年を重ねて、8年生を過ぎて除籍になっても、会員であり続けた。

そして、一本化の戦いを勝ち抜き、上演したらしたで、誹謗・中傷・分裂・脱退の雨嵐が待っていた。結果、演劇研究会はボロボロになり、一時期、もめるだけで公演が打てない、なんてことになったらしい。

そこに、賢い人間が現れた。

演劇研究会としてひとつの作品を上演しようとしないで、演劇研究会の中にいくつかの劇団を認めて（それをアンサンブルと呼んで）、それらが相互批判しながら、それぞれに作品を上演したらいいじゃないかと、提案したのである。

それまで、どうやったら主導権を取れるかと、劇研総会の多数派工作だけに頭を使っていた人たちの目からウロコが落ちた。

あいつはステーキを奢《おご》ったのに総会で転んだだの、あいつは俺の作品を認めてないだの、賛成するから主役をくれだの、あの人を使わなければ賛成するだの、憎悪と打算、熱情と計算だけに、ほとんどの人が頭を使っていた時に、システムの改革を提案した人がいたのだ。

本当に賢いとは、こういうことを言うのだろうと、僕は思う。

これで、少なくとも、演出家の席は二つか三つになった（もちろん、劇作家の席も主演俳優の席もだ）。

ただし、演出家の席を狙っているのは、5人以上いた。が、たった一つの席を狙う激烈さよりは、はるかにましになったのだ。

そうして、僕も、早稲田大学演劇研究会の中のひとつのアンサンブルとして、劇団を旗揚げした。

三つ目の席は、激烈だったけれど、なんとか、確保することができた。

●

そして、旗揚げして3作目の時に、いつも上演している大隈講堂裏広場ではなく、講堂の前の広場にテントを建てて上演しようと密かに計画した。

大隈講堂の前には、かなりの大きさの広場がある。講堂裏の広場よりも、3倍以上は広い。これが、普段はほとんど利用されていない。

バイクが片隅に止められているだけである。

これはもったいない。こんな広場は、まるで、演劇公演用の大きなテントを建てるためにあるようなものだ、と僕はいつもムズムズしていた。

もちろん、絶対禁止である。正式に大学当局に申し込めば、許可など下りるはずがない。

が、大学紛争時代の大隈講堂に関するエピソードが、僕達の背中を押した。

君がヘルメットをかぶっていた時代、学生達は、大隈講堂の中で焚き火をして、芋を焼いたというのだ。大学側が、教授会を招集して、この焚き火にどう対処するか、機動隊を呼ぶかどうか、延々議論している間に、学生達は、焼き芋を美味しく食べて、出ていったという。

それに比べれば、大隈講堂前にテントを建てて芝居を上演するなんざあ、なんて、おとなしく文化的なんだろう、と僕達は結論づけた。

●

まず『万葉集・友の会』というサークルをでっち上げて、大隈講堂の使用スケジュールを調べることにした。テントを建てる時期に、大きな学会だの発表会だのがあったら、大学当局も、必死でテントを撤去するだろうと考えたのだ。

テレビで、成田空港建設の反対派の団結小屋が、機動隊によって暴力的に撤去される風景を見ていた僕達は、劇場テントなんて3分で解体されると知っていたのだ。

学生課に行って、

「すみません。『万葉集・友の会』なんですけど、大隈講堂を使いたいんです。大隈講堂のスケジュール、教えてくれませんか？」と聞いた。（大隈講堂は、この時期、無料の催物に限って、貸し出すことになっていた。たぶん、今もそうだ）

調べてみると、5月のゴールデンウィーク辺りが、比較的、催物も少なく、都合がいいようだった。

僕達は5月1日を決行日と決めた。

まず、大隈講堂裏の広場に、本番と同じ構造のテントを建てた。

まずは芝居の稽古のためである。このテントを使って、作品『プラスチックの白夜に踊れば』の稽古は始められた。

もちろん、一度建てておけば、みんなが手順を理解して、決行当日、試行錯誤なくスムーズに進むだろうという計算もある。

が、一番の理由は、まったく同じテントで稽古をしておかなければ、作品の水準が下がるという切実な問題である。大隈講堂前にテントを建てることが目的なのではなく、大隈講堂前に建てたテントの中で、優れた作品を上演することが目的なのだ。

そして、本番と同じテントを建てておくことは、大学当局へのカモフラージュの意味もあった。

もし、計画が漏れても、実際に、テントが建っていれば、正々堂々（？）と、

「大隈講堂の前になんか、建てるわけないじゃないですか！　だって、ほら、もうすでにテントは建ってるんですから！」

と、胸を張って言えるのだ。

実際、公演を告知する立て看板に、『大隈講堂前特設テント』と、正直に書いたバカ者が現れた。大隈講堂の前で公演することに興奮して、裏とダミーの文字にすることができなかった俳優のOだ。

もちろん、公演のチラシには、『大隈講堂裏特設テント』と書いていた。

『大隈講堂前特設テント』の立て看板を目敏《めざと》く見つけた学生課の職員が、

「これはどういうことだ?」と、詰問に来た。

「あー、間違いです。単なる間違いです」僕は平謝りに謝った。

「違うよ。学生課の出方を見たかったんだよ。さすがに、大隈前は、ナーバスになるな」

Oは虚勢を張って答えて、よけい、周りの顰蹙《ひんしゅく》を買った。

●

決行前日、午前中から僕達は、大隈講堂裏に建っているテントを解体した。テントの解体は、建てるよりは早く、3、4時間で終わる。

資材を、もう一度、建てやすい順番に並べておく。

数人の設計班が、大隈講堂の前の広場をぶらぶらし始めた。

ここに支柱を建てて、ここを入口にしてと、雑談を装いながら、だいたいの見当をつける。

作戦は、『建てて既成事実にしたら勝ちだもんね作戦』と名付けられていた。

大隈講堂前をぶらぶらするのは、これで、何度目かだ。頭の中では、もうすでに、テントは建っている。

それは、大隈講堂前に、巨大なクジラが横たわっているようなイメージだった。実際、観客が200人は入る黒いテントは、それぐらいの大きさだ。

こんな大きな物が建ってしまえば、大学当局は何も言わないだろう。問題は、トロトロしてて、建てる途中で止めに入られることだ。僕達は、とにかく、大学当局が慌てる前に、劇場テントを建て終わらないといけない。

事前に守衛さんの巡回スケジュールも調べられた。

夜中の12時と3時過ぎに大隈講堂前を巡回した後、次は、朝の6時になる。

僕達は、早朝4時に大隈講堂前に出現することに決めた。

もちろん、電車は動いていないので、早稲田に下宿のある会員の所に分かれて泊まった。

僕は、20人ほどの主力部隊として、ブロック造りのアトリエに泊まった。

もちろん、なかなか寝られない。2、3時間、うとうとしただけだと思う。

激しい雨音で目が覚めた。屋根は薄く、音が直接、響くのだ。

3時半になり、資材を運び出す準備が始まった。

雨は土砂降りになっていた。

3時50分、先遣隊として、大隈講堂前に走った。

広場は、薄いオレンジ色の街灯でぼんやりと照らされている。

巻尺で地面を測り、てきぱきとチョークで×印を付けていく。支柱を建てる目印だ。

4時きっかりに、鉄パイプを持ったメンバーが続々と現れる。この風景だけを見たら、間違いなく、学生運動だ。

激しい雨が、逆に、僕達をカモフラージュしてくれているのが分かる。大隈講堂前から、じつは、守衛さんの詰所がちらりと見えるのだ。体に染み込む大量の雨に感謝しようと思ったが――。

チョークの印の部分にジャッキベースを置いて、支柱を建てようとした。が、激しい雨でチョークが流されているのだ。

「チョークが見えません！」声が飛ぶ。

もう一度書こうとしても、雨と一緒にチョークは流れていく。

「フリーハンドで行くぞ！　ここが中心！」

設計班のチーフだったSが叫んだ。

本当は、いくつかの中心を作って、同時進行で、テントのパーツを組み立て、一気に合体させる計画だった。が、支柱を建てる場所が正確に分からないために、ひとつずつ確認しながら進行していくことになった。

時間はかかるがしょうがない。

「6時だ。6時だ」

鉄パイプをクランプと呼ばれる結節器具で繋ぎながら、みんな呟き続けた。

雨が目に流れ込み、視界がさえぎられ、なかなか、作業は進行しない。

巨大なテントの建設は、まず、鉄パイプの骨組みを完成させるのが一番だ。それに、イントレと呼ばれる支えが付く。そして、最後に、縦15メートル、横12メートルの長方形のテントシートを2枚、重ねて外装は出来上がる。

6時までに、少なくとも、1枚のシートを骨組みに重ねておきたいと計画していた。そうすれば、外観としては、巨大なクジラが半分出来上がる。残りの半分は、捕鯨船に解体されたように骨組みだけだが、それでも、巨大な半分があれば、〝既成事実〟になるだろうと判断したのだ。

だんだんと空が白み始める。

焦れば焦るほど、作業は進まない。

僕達は、ぐしょぐしょに濡れた軍手で鉄パイプを支え、骨組みを作り続けた。

●

6時になった時、なんとか、骨組みの形だけはできていた。雨はやみ、辺りは明るくなっていた。

詰所から、守衛さんがこっちに向かって歩いてくるのが見えた。守衛さんは、地面から顔を上げて正面を見た瞬間、立ち止まった。

視線の先には、50名ほどの人間が、巨大なクジラの骨組みを作っていた。

ポカンとした顔をしたまま、守衛さんは動かなかった。それは、〝目の前に理解不可能なものがあります〟という顔だった。

僕達は、作業の手を止めて、守衛さんを見つめた。これからどうなる、という緊張感が全体に漂った。

守衛さんは、しばらくクジラの骨組みと僕達をじっと見つめた後、突然首をコキコキと動かし、くるりと振り向いて、詰所に向かって駆け出した。

「さあ、どうなる?」

僕は心の中でつぶやいた。

5分もしないうちに、5人ほどの守衛さんの団体がやって来た。

一番、腕力的に強そうな男が、「責任者はどこだ！」と叫んだ。

みんな黙々と作業を続ける。

「責任者はどこなんだ！」

マッチョな守衛さんは、顔を真っ赤にして怒りだした。

問い詰められた俳優のIは、あらかじめ覚えていたセリフを口にした。

「いえ、あの、僕達は、責任者という形のヒエラルキーを否定していまして、責任者を作ることによって、集団に権力構造が生まれ、それが人間を不幸にするという観点から、僕達の集団は、リゾーム状といいますか、誰もが責任者でありながら誰もが責任者でないという集団なんです」

「ふざけるな！」

「いや、でも、本当なんです。リゾームって分かりますか？　根っこっていう意味なんですけど」

……時あたかも、フランス構造主義がもてはやされ始めた頃であった。

こうして、スットボケた会話を続けるのは、とにかく時間稼ぎだ。

「責任者出てこい！」と言いながら、誰も反応しないので、守衛さんの一人は、また、走っていった。

それは、詰所の方ではなく、正門の方、つまり、学生課がある方向だった。

1時間ほど、なにも起こらなかった。

守衛さん5人対研究会会員50人である。いくらマッチョな守衛さんとはいえ、なかなか、手は出せない。なおかつ、演劇研究会は、3分の1強が女性である。暴力的にガチンコには、なかなかなりにくい。

「ただちに壊すんだ！」

と、守衛さんが叫べば、

「あー、これ、壊すのに、三日かかるんです。建てるのは、数時間なんですけど、劇場用のテントって、建てるより、壊す方が大変なんです」

と、ノンキに答えて、守衛さんがカッとすると、女優のきれい所に、

「いやん、こわい」と、リアクションさせるという、姑息《こそく》な作戦で時間稼ぎを続けた。

7時を過ぎたところで、学生課の職員さんが走ってきた。

「分かったぞ！　責任者の名前は鴻上だ！」大隈講堂前の広場に声が響いた。

「鴻上は誰だ！」

「鴻上、出てこい！」

僕の目の前で、守衛さんたちは叫び続けた。僕はその時、ジャッキベースを積んだリヤカーを引っ張っていたから、責任者には見えなかったのだろう。

まだ、テントは完成していない。

作戦では、俳優のKを鴻上にすることに決めていた。

「鴻上はどこだ！」

みんな、なんとなく、Kを見つめた。

「お前が鴻上か！」マッチョな守衛さんは、Kの腕を引っ張って、正門の方に消えて行った。

5分ほどして、マッチョな守衛さんは、Kを指さしながら、

「こいつは鴻上じゃなーい！」と叫びながら戻ってきた。

Kは、なぜか照れていた。

「鴻上はどこなんだー！」

僕は、大隈講堂裏のアトリエから、必要な資材をリヤカーに乗っけて、前広場まで運び、また、講堂裏に引いて戻るという作業をしていた。

こうすると、現場に、いたりいなかったりするわけで、なにかと都合がいいのだ。

さらに、30分後、職員さんは、一人一人の顔を見始めた。

「あ、学生登録の写真を見たな」僕はピンと来た。

リヤカーを大隈裏に向かって戻そうとした時、職員さんは、僕の顔をじっと見て、

「鴻上君だね」と聞いた。

時間は8時になっていた。

テントシートは、2枚とも、骨組みの上にかけ終わり、作業は、舞台作りなど内装の段階に入っていた。

「はい、私が鴻上です」

「どーして、すぐに名乗り出ないんだー！　ふざけるなー！」

マッチョな守衛さんが割り込んで、僕に唾を飛ばしながら叫んだ。

「え？　僕を探してたんですか？　ずっと大隈裏のアトリエで作業してたもんで、分かりませんでしたよ」僕は微笑んだ。

「きさま！」

マッチョな守衛さんが顔を上気させた横で、職員さんは、

「ちょっと来てもらおうか」と、冷静な声で言った。

「君、全然、単位取ってないね。卒業できないんじゃないの？」

両脇を守衛さんに挟まれて、僕は学生課の奥の部屋に連れて行かれた。

●

ドアを開ければ、恰幅のいいスーツ姿の中年男性が座っていた。

直観的に、「この男は修羅場をくぐった本物だ」という匂いがした。

後から、学生部長だということが分かった。学生運動の修羅場を、いくつ経験してきたのだろうか。

「失礼します」儀礼的に言って、椅子に座った。一対一だ。さっきの職員さんもマッチョな守衛さんもいない。

狭い部屋に二人切りにさせられることが、却《かえ》って不気味だ。

これが、大人数に取り囲まれたりしたら、

「ざけんじゃねーぞー！　こっちは、授業料払ってるけど、授業には出てないし、使って

るのは、サークル活動の時の電気代と水道代だけなんだぞー！　テント建てるぐらいいいじゃねーかー！」

　と勢いで叫べるのだが、二人っ切りにされると、なんだか却って怖い。

　座ったまま、学生部長は、僕の顔をじっとみていた。何分ぐらい沈黙したのだろう。

「今すぐ、撤去しなさい」

　学生部長は、穏やかに、しかし、ドスの利いた声で言った。

「いえ、それはできないんですけど」

　申し訳なさそうに、僕は答えた。実際、申し訳ないという気持ちも、ちょっとはある。相手の立場に立てば、申し訳ないなあ、となる。

　また、沈黙が訪れた。

　今度は、数十秒か。

「いつまで、建てておくつもりなんだね」

「1週間後です」

　そう答えた途端、学生部長は、ゆっくりとうなずいた。そして、ドアの方に向かって、おもむろに手を伸ばした。

　一瞬、その意味が分からなかった。が、次の瞬間、それは、

「もう、立ちなさい」

　の意味だと気付いた。気付いて、驚いた。許可するとも許可しないとも言わないで、もう立てと言う。これが、噂に聞く、大人の〝腹芸〟というやつかと、僕は勝手に感動して、

お辞儀をして出ていった。

鴻上尚史、23歳。初めて、〝大人の価値観〟に触れたと思った瞬間であった。

●

5月3日。公演の初日。また守衛さん達は、団体でやって来て、テントの横に立札を立てた。

『5月1日早朝より、大隈講堂前広場に、大学の制止を無視して建造物を構築しているが、大学は、このような構築物の設営を絶対に認めることはできない。即刻撤去するよう警告する』

次の日、その立札の横に、また立札が立った。

『5月3日午前中より、大隈講堂前広場に、劇団の制止を無視して立札を構築しているが、劇団は、このような立札の設営を絶対に認めることはできない。即刻撤去するよう警告する』

●

テントを建てた夜から、防衛のために、僕と何人かのスタッフは、テントに泊まりこんだ。テントは劇場だから、高価な照明機材や音響機材があるのだ。夜中、酔っぱらいなんかが闖入《ちんにゅう》してきて、略奪されたり、壊されたりしたら大変なことになる。

泊まって三日目、夜中の2時近く、屋台のラーメン屋さんが来た。

作業を続けていた僕達は、深夜、広場に座り、星空を見上げながら、ラーメンを食べた。

それは、人生で何度目かに美味いラーメンだった。

屋台のお兄ちゃんは陽気な人で、僕達が毎日泊まっていると言うと、「じゃあ、明日も来るよ」と楽しそうに答えた。

そして、その通り、彼は毎日、深夜、大隈講堂前のテントまで屋台を引っ張って来た。

「本当は、俺の縄張りは新宿なんだけどさ。これを破ると、ヤクザ屋さんからきついお叱りがあるんだけど、こっちまで来ないと儲からないんだよね」

僕達は、だんだん、お兄ちゃんの事情も分かるようになってきた。

毎晩、星空の下でラーメンを食べるのが、本当に楽しみだった。

そして、1週間たち、楽日《らくび》の前日、

「じゃ、また明日」

と、声をかけるお兄ちゃんに対して、

「もう、いないんだ。明日で公演終わりだから」と、僕達は答えた。

「えっ？」お兄ちゃんは驚いた顔をして、そのまま、夜の底に横たわる黒いテントを指さした。

「じゃあ、これは？」

「公演が終わったら、すぐ壊す。3時間ぐらいでね」

そう僕が答えると、お兄ちゃんは、もう一度、夜の底に眠るクジラを見上げた。

「そうか、壊しちゃうのか」

お兄ちゃんは、クジラをじっと見つめて言った。「……壊しちゃうのか。もったいないなあ」

「1週間、どうもありがとう」

僕達は、一緒にクジラを見上げながら答えた。

「壊しちゃうのか」

お兄ちゃんは、もう一度呟いた。そして、ゆっくりと、屋台を引き始めた。

「ごちそうさま」

後ろ姿に声をかけると、お兄ちゃんは振り向き、

「あのさ、いっぺんで疲れの取れる薬があるんだけど、いらないかい？」

と、陽気に言った。

「大丈夫。まだいらない。まだ、いらないよ」

僕は少し笑って、そう返した。

お兄ちゃんも、ほんの少し微笑んだようだった。

その夜、お兄ちゃんの「壊しちゃうのか」という言葉がいつまでも僕の耳に残っていた。

●

ヘルメットをかぶった君の写真に対して、最初のリアクションがあったのは、写真を渡してから1週間後のことだった。

5

「どうして、この女性は顔を出して笑っているんだ？」

最初の編集部からのリアクションは、1982年に早稲田大学に入学して、遅れてきた学生運動を体験した人間からの言葉だった。

一番の衝撃は、僕より年下だったことだ。

「学生会館に部室のある文科系サークルに入部したんだけど、そこが、M派のセクト系サークルと部室をシェアしてたんだ。もちろん、M派系なんて正式には言ってないさ。で、なんとなく、そこのメンバーと話すうちに共感するようになってさ。

『トマホークミサイル配備反対運動』だの『SDI粉砕運動』なんてのに、市ヶ谷の防衛庁や清水谷公園なんかでデモしたよ」

編集部から紹介された彼は、いらだちを隠そうともしないで言った。

「だからさ、なんでこの女性は顔出して笑ってるわけ？

公安がバチバチ写真撮るからさ、俺達の時は、ボール紙で覆面作ってさ、デモが終わると、着てたジャンパーをボストン・バッグに詰め込んで、逃げ込んだ路地から素知らぬ顔して散開するんだ。

路地裏で着替えしている所を、周囲のアパートの住人に見とがめられて、『泥棒！』って叫ばれたり、酔っぱらいにからまれたこともあったよ。

敵対党派につかまったら、前頭葉切除で廃人にされるっていう噂が、まことしやかに流れてたんだよ。

だから、二重の意味で、顔を出せなかったんだよ」

彼は、何本もタバコをふかしながら、早口で続けた。

「よく、幹部の人から、『俺達が学生の頃は、必死で戦ったもんだ。最近のやつらは、なにも考えてないし、ラクしている』って言われたけど、俺としては、『いや、当時の方が楽だったろ。少なくとも、俺は、あんたたちより大変なんだ』って言いたいよ。

もしかして、彼女を知っている人がいたかもしれないけど、俺達は当時、偽名で呼び合っていたからね、お互いの消息はもう分からない。彼女のことを探るのは難しいし、探りたくもない。こんなヘラヘラ笑っていた女性にとっては、学生運動も青春の一ページなんだろうけどさ、俺にとっては、虚しい思い出でしかないんだから。振り返っても、ただ、風が吹いてるだけってやつだ。冷たい木枯らしがね。もういいだろ」

彼は、忙しそうに立ち上がった。

「職業は、フリーターとでもしておいてくれ」

彼は42歳。編集者の知り合いだということで、かろうじて、話に応じてくれた。

けれど、本当は話したくないという雰囲気が漂っていた。

自分の経てきた時間を整理しきれていない苦さからだろうか。いや、整理ではなく、評価できない苛立ちからか。

僕が早稲田大学で、劇団を旗揚げしていた時期、学生運動に飛び込んだ少数派も、間違いなく存在したのだ。

もちろん、実感で言えば、本当に少数派だ。

僕の周りでは、〝政治〟より、〝宗教〟に走った人の方が多かった。

●

いきなり恥ずかしいことを書けば、僕のちゃんとした初恋は、小学校4年の時だった。ちゃんとしたというのは、憧れのレベルなら保育園なのだが、その人のことを思うとちゃんと胸が痛くなるという経験は、小学校4年が初めてだった。

聡明な女性で、ピアノがものすごくうまかった。

僕は彼女のピアノを弾く姿に憧れ、少年が歩む道としては、きわめてまっとうに、彼女が好きだからこそ、教室ではイジワルを繰り返した。

議論して突っかかり、彼女の消しゴムを隠し、彼女の上履きを踏み、なんとかして、彼女の気を引こうとしていた。

そして、正しい初恋がそうであるように、彼女はまったく僕に関心を示さず、彼女にちゃんと親切なクラスメイトに心魅かれていった。それがまた、悔しくて、僕はイジワルを繰り返した。

この苦しい初恋を、僕がやっと忘れられたのは、中学3年生の時だった。なんと5年も引っ張ったのだ。小学校、中学校と、同じ学校だったので、廊下ですれ違えば胸がキュンとし、男と楽しげに話しているのを見れば目頭が熱くなるという生活を5年間続けた。

忘れられたのは、なんのことはない、彼女がピアノで身を立てるために、東京の音楽学校に行くことを知ったからだ。

ああ、本当に彼女は僕と違う世界に行くんだなあと思った時、やっと僕は彼女のことが忘れられた。

そして、僕はやがて違う人を好きになり、彼女は東京の音楽学校に行った。

大学時代、東京に出てきた僕は、彼女と4年ぶりに会った。

彼女の雰囲気は少し変わっていた。どことなく、疲れているというか、ギスギスした印象があった。

どうしたの？　と問いかければ、彼女はぽつぽつと、

「私は今、統一教会に入っているの」と語り始めた。

音楽大学のキャンパスで声をかけられ、最初は、まったく違う、ビデオを鑑賞するサークルだと言われて、何回か通ううちに、どんどん親切にされて、はまってしまったと。

「最初に、統一教会の〝ホーム〟と呼ばれる集会所に行った時、そこにいた人達は、私になんて声をかけたと思う？　『おかえりなさい』よ。満面の笑顔の男女が、次々に、『おかえりなさい！』『おかえりなさい！』

『あなたは、今日、ここに来るために生まれてきたのです』

そう言われて、私は、笑うんじゃなくて、泣いちゃったの。……たぶん、私は疲れていたんだと思う。

15歳の高校生から東京で独り暮らしを始めて、ただピアノの稽古に明け暮れて、誰とも本当に話さず、ただ、事務的な会話だけを続けて、私は人間の会話が欲しかったんだと思う」

彼女は、溢れる思いを初めて言葉にするように、ずっと話し続けた。

僕は彼女の話を聞いた後、その当時、僕の知っている限りの統一教会に関する知識を伝えた。どんなに危険で、どんなに反社会的で、どんなにカルトかということを。表参道の喫茶店で、彼女はじっと僕の話に耳を傾けていたが、納得した顔は見せなかった。

4時間ほど話して僕達は別れた。いつでも相談にのるよと伝えて。

けれど、彼女からの連絡はなかった。

●

しばらくして、後輩の女性が、統一教会に引きずり込まれそうになっているという連絡が来た。

後輩の女性Rは、半ば拒否しながら、それでも断り切れず、自分がどんどん流されそうになっていて、男友達に助けを求め、その友達が僕に連絡してきたのだ。

Rは、通っていた女子大のキャンパスで声をかけられた。なんの疑問もなくアパートの住所を書き、なんの疑問もなく訪ねてきた人を受け入れ、文学サークルのつもりで話を聞いているうちに、統一教会に追い込まれ始めていた。

Rは言われるままに、『スリー・デイズ』という集中洗脳合宿に参加した。僕が早稲田で、「3万円も払ったのに、カレーに肉が入ってなかった！」と、トラメガで叫んだのは、じつは、Rのエピソードなのだ。

「金儲けの集団だって言われてるでしょう。やっぱりそうなのかなあって思ったの」彼女は、ぽつりとつぶやいた。

こういう経済感覚を持っている人間は、最後の最後は大丈夫なんじゃないかと、僕は感じた。

金銭感覚は、現実と結びついている。どんな真理より、カレーの肉の不在を見つけられる人は、現実のレベルで生きていける。

やっかいなのは、現実よりも観念を優先してしまうタイプの人だ。早大南門ですれ違った、長身のスーツ姿の男性のように。観念を一番にすれば、肉の不在はどうでもよくなる。いや、そもそも、肉の不在にこだわる自分が醜い存在と感じるようになる。

観念のレベルに生きれば、この世のすべては神と悪魔の戦いの場所になる。汚れた悪魔に対する、聖なる神の戦いに参加しなければ、世界は滅んでしまう。この世を救うためには、私が参加しなければならないという使命が生まれる。観念の世界で生きる意味を手に入れられる。

けれど、生身の人間が、24時間、観念の世界に生きることは難しいだろう。現実を求める人には、ホームでの〝人間的温かさ〟が用意されていた。

後輩の女性がなかなか抜け出せなかったのは、この〝人間的温かさ〟の魅力だった。どんなに偽の募金が苦しくても、霊感商法が危険でも、ホームに帰れば、仲間が待っていて、会話があって、喜びがある。

「あんなにちゃんと話を聞いてもらったことなんか、今まで、なかったの」

Rは、うっとりとした顔で語った。

通っている女子大では、みんな、自分のことしか語らず、人の話は聞かず、どう見られているかだけを心配していた。けれど、ホームには、本音の会話だけがあった。

早稲田大学演劇研究会に入る前だった僕は、比較的時間があったので、彼女の相談にずっとつきあった。

彼女がはっきりと統一教会に疑問を持ち始めると、統一教会のメンバーが、彼女のアパートを頻繁に訪ねるようになった。

引っ越しを相談している時、電話が鳴り、今すぐ近くにいるからという連絡が入り、二人で窓から飛び出して逃げたこともあった。

そして、彼女はだんだんと、すがる対象を、統一教会から僕に替えていった。

それは、恋愛感情ではなかった。断言できる。

東京のような都会で独り暮らしをしたことがある人間なら、誰でも感じる孤独と不安をどうやって埋めるかという方法論の問題だ。

宗教も異性も、世界に意味を与えて、私自身を包み込んでくれる。最も手っとり早く、安心と意味を与えてくれる。

そして、一度、巨大で体系的な意味を味わってしまった人間は、禁断症状に苦しむ。小さな非体系的意味ではなく、次の巨大で体系的な意味を求めて、さまよう。

僕が戸惑っていると、Rは、彼女のことを僕に連絡した男友達にすがるようになった。

僕は、彼と一緒に彼女の引っ越しを手伝い（独り暮らしは危険と判断して、東京にいる彼女の親戚の家に住むことを提案して）、彼女はやっと安定を得た。

食卓で親戚に包まれ、生活で彼に包まれ、Rは安心した。

●

音楽学校に行っていた彼女からの連絡はずっとなかった。

しばらくして、何度か会おうという約束をしたが、その頃、僕は早稲田大学演劇研究会に入ったばかりで、奴隷のような下働きに時間を取られていた。

1年ほどして、彼女から手紙が来た。

それには、『合同結婚式』の一歩手前で、ようやく統一教会から抜けることができたと書いてあった。

「ぶらりと鴻上君のアパートに行ってみたけれど、あなたはいなかった。やっぱりいなかったと、少しだけ安心しました。いない方が、鴻上君らしいと思いました」

手紙を読みながら、もし、僕がいたら、彼女はどうしたんだろうと考えていた。

●

彼女の記憶が『トランス』という戯曲を書かせた。それは、新興宗教にはまり、そこから抜け出し、精神科医になった女性が主人公の話だ。オウム真理教の事件が起こる少し前だった。

高校時代、親友だった三人の話だ。一人は精神科医に、もう一人はゲイバーで働き、もう一人は統合失調症にかかり、自分を天皇だと思い込む話だ。

自分を南朝直系の正統な天皇だと思い込んだ男を、かいがいしく看護するゲイの参三《さんぞう》は、精神科医の礼子に、「どうしたら助けられるの？」と、問いかける。

礼子は、「一人の人間を救うためには、何が必要か分かる？」と聞く。

「何？」と、突然の質問に戸惑いながら、参三が問い返せば、礼子は答える。

「もう一人の人生よ」

この答えの裏には、声にならないつぶやきがある。

「だから、自分の人生を毎回、差し出すことなんて不可能なの。私には、多くの患者がいる。多くの患者に、毎回、とことん自分の人生をかけるなんてことができるわけがない。しようとしたら、私は壊れてしまう」

●

今も、新宿駅の南口を出れば、

「あなたの手相を見せてください。私は、今、手相見の修行中なんです」

と、声をかけている統一教会の人達がいる。

そして、なんの疑問も持たずに、手を差し出す人がいる。

「あ、今、転機ですね。人生の一番、大切な時です。今を失敗すると、これからの人生、大変なことになりますよ」彼ら彼女らは、マニュアルどおりの脅しをかける。

「近くに、ちゃんとした先生がいらっしゃるんです。あなたの運命を見通す力を持った人です。どうか、いらっしゃいませんか？」マニュアルは次の段階に進む。

一度、話しかけられて、「統一教会、やめた方がいいですよ」と、返したことがあった。

その瞬間、話しかけてきた女性は、顔を歪めた。

それは、反論とか敵意ではなく、自分の一番嫌な部分を突かれたような痛みの顔だった。

瞬間的に、「あ、この人は迷っている」と感じた。

自分のやっていることに、自分で迷っている。だから、一番痛い所を突かれたという顔をしている。顔には、まだ、人間的な匂いがあった。

だんだん観念の世界がレベルアップすると、顔はどんどん無表情になっていく。どんな人にどこで話しかけても、同じ顔のまま、話を続けるようになるのだ。

目の前で、痛い顔をした女性を見ながら、「彼女はやめるかもしれない」と思った。

今、誰かがちゃんと手を差し伸べて、彼女をホームから救い出し、ちゃんとケアすれば、彼女は、合同結婚式に行く前にやめるだろう。

だが、すぐに浮かんだ言葉は、

「けれど、それは誰だ？　お前か？　お前がここで彼女の話を聞くのか？　お前は自分の人生の時間を彼女のために差し出すのか？」

僕は、彼女を見つめ、そして、仕事場へと急ぐしかない。

新宿駅前でも渋谷駅前でも、手相を見ている人と見られている人に対して、僕は叫びそうになる。

「いいのか？　本当にそれでいいのか？」

少し前は、『アフリカ難民を救う募金』だった。安いコピー用紙に、自宅の住所を書くと、何日か後の夜、統一教会のメンバーがやって来る。

先日、その書式とまったく同じ『新潟県中越地震募金』の紙を持って、駅前に立っている人間を見た。僕のカンは、間違いないと言っている。

●

僕自身、大学時代、別の新興宗教の集会に誘われたことがあった。

早稲田で最初に住んでいた学生下宿の隣室の人間との議論が始まりだった。

彼は、自分の信仰している宗教の素晴らしさを語り、僕は若さゆえに反論し（宗教的信念に議論をふっかけても徒労だと気づかなかったのだ）、「集会に参加したら分かるよ！」と言われ、「おう、参加してやろうじゃないの！」と返したのだ。

政治集会に対して慎重だった僕は、逆に、宗教に対しては、大胆だった。現場を見てみたいとか、ハナをあかしてやりたいとか思っていた。

なおかつ、集会の場所が女子大の教室というのが、これまた、別な意味で参加意欲を盛り上げた。

行ってみれば、数人の参加者を、十数人の信者が取り囲むという構図だった。

「今から、あなたに念を送ります。私が初めてこの念を送られた時には、体が震えて自然に動き始め、涙が出てきました」僕を誘った隣人は言った。

僕の前後左右を4人の人間が囲んだ。念仏を唱える手を、そのまま、私に向かって傾けた。

「目を閉じて、瞑想してください。今から念を送ります」

静寂の中、小さく祈りの言葉が始まった。

あぐらをかき、目を閉じて、その言葉を聞いていると、「しまった」という気持ちがわき上がってきた。

この状態はあきらかに非日常で、こんな状態で何十分もいたら、体なんか勝手に動きだしてもおかしくないと感じられた。

見事な暗示の世界である。小さく祈りの言葉が続く中、じっとしていたらどんな妄想が始まるか分からない。

とっさに、歯でほっぺの裏側を噛んだ。ぐっと噛めば、痛さが意識をずっと現実に引き止めてくれる。20分ほどそうしていただろうか、やっと祈りは終わった。

何の変化も起こらなかったことに、隣人はあきらかに不満そうだった。

けれど、こっちは、ほっぺの裏側がヒリヒリしていた。平気な顔をして、それじゃあと女子大を出た。道路にツバを吐けば、血が混じっていた。じつはこっちも、必死だったのだ。

隣人は、それ以降、僕に宗教の話をすることはなくなった。

僕も安易な気持ちで宗教の集会にいくことをやめた。

●

ヘルメットをかぶった君の情報は、思ったほど集まらなかった。

最も激しく戦った人達は、黙して語らず、関係ない人達は、勝手な臆測を並べた。

1969年に早稲田にいて、ヘルメットをかぶった彼女の写真を見れば、なにか教えられることがあると思った人は、どうか、編集部まで連絡してくれないだろうか。

お前はなんの権利があって、彼女の現在をあばこうとするのかと言われるかもしれない。

しかし、僕は知りたいのだ。彼女がその後、どんな人生を送ったのか。

この章の冒頭に紹介した80年代の彼の場合と違って、ノンキに顔をだして微笑むことができた彼女がその後、どうしたのか。僕は本当に知りたいのだ。

ここまで書いて、劇団の事務所から電話がかかってきた。

デスクのSが不安そうな声を出した。

「今、鴻上さんあての手紙の整理してたんですけど、ちょっと気になったハガキがあったんで、ファックスします」

送られてきたハガキには、こう書かれていた。

「面白半分で人の人生を追求すると、君が廃人になるよ。たたかいは続いているんだから。すぐにやめるんだ」

差出人の名前も住所も書いてなかった。
消印は、新宿だった。

6

「鴻上さん、気をつけてくださいよ」

知り合いの映画監督は、居酒屋の席でそう言った。

連載第1回目が、『すばる』に載った後だった。

彼は、僕より二つ上。東京出身者で、高校から大学時代、学生運動を経験している。

「彼らは、時間がつながってますからね。60年代がすぐ最近なんだ。こっちは、過去の話だと思ってしてるのに、彼らは今もまだ革命前夜だと思ってますからね。興味本位でヘルメットをかぶった彼女のことを探してるって思われたら、身の危険がありますよ」

映画監督は、僕の1回目の連載を読んでくれていた。

「まだ活動を続けている知り合いはいるんですか？」

お互い、ウーロンハイを飲みながら、ボソボソと話は続く。

「最近、分裂した党派があるでしょう。同じ組織だった分、争いが激しくて。殺人で指名手配されている女性がいるんです。交番の前によく写真が張ってます。彼女は、大学で同じサークルでした」

ふと、彼女の人生と、目の前にいる映画監督の人生の〝距離〟を思う。

映画監督は、テレビでも映画でもヒットを飛ばし、業界はもとより一般人にも名前を知られている。

「社会問題系のサークルでね。そこから僕は、赤いヘルメットの組織に入り、彼女は青いヘルメットの組織に入ったんです。彼女の殺人は、〝内内ゲバ〟って、昔なら呼ばれていたんでしょうけど」

（学生運動の組織がぶつかり合うのが、〝内ゲバ〟。同じ組織の中で、ぶつかり合うのが〝内内ゲバ〟という区別がある）

「でも、もう、ゲバじゃないですよね。ゲバって、ドイツ語でゲバルト、暴力っていう意味ですけど、この分裂した組織の場合、使用した凶器はナイフですからね。刃渡り何十センチのナイフ。アーミーナイフとかサバイバルナイフとか呼ばれてるやつでしょう。つまりは、確実に相手を殺すための凶器ですからね。初期の鉄パイプなんてのは、まさに相手に暴力を振るうための道具だったわけです。それが、確実に人を殺す凶器になってるんですから」

僕も深くうなづく。

そして、ナイフを握るしかなかった女性の気持ちをなんとか探ろうとする。けれど、そこからは、なにも〝リアル〟は立ち現れない。

社会の矛盾に関心を持ち、ホームレスの現状に心を痛め、安全な食品を追求していた彼女が、どうしてナイフを持ち、男性の背中を刺すことになったのか。

逃亡している彼女に問いただせば、彼女のリアルは、つまり気持ちや衝動や後悔は理解できるのだろうか。

「監督も鴻上さんも何話してるんですか？」周りから声が飛ぶ。顔を向ければ、有名な俳優が二人こっちを向いて笑っている。

今日は、彼と彼女の舞台を見に来た帰りなのだ。劇場で映画監督と偶然会った僕は、彼が連載の1回目をちゃんと読んでくれていたことを知って、思わず酒の席に話を移した。なんてこの場に似合わない会話なんだろうと、僕は思う。美しい俳優と資本主義の中で必死に走っているプロデューサーが囲む席で、僕は売れっ子の映画監督と学生運動と内内ゲバの話をしている。

きっと映画監督もそう思っているはずだ。

けれど、その後、彼の心配は当たった。会話は場違いだったが、予想は的確だった。

●

事務所から送られてきたハガキにもう一度、目を通す。これで何回目だろうか。

「面白半分で人の人生を追求すると、君が廃人になるよ。たたかいは続いているんだから。すぐにやめるんだ」

官製ハガキの真ん中に、神経質そうな文字が並ぶ。

どんな人間がこれを書いたんだろう。TVドラマのように、新聞の活字を切り貼りするつもりはなかったのだろうか。何があっても、差出人は突き止められないという絶対の自信があるから、自筆にしたのだろうか。ハガキには、差出人の名前も住所も書いてない。手がかりは、新宿の消印だけだった。

「廃人」という文字が、目を刺す。

後頭部、延髄の辺りを殴られ、壊されると廃人になると聞いた。

内ゲバで襲われた時、人はとにかく、後頭部を手で守ったらしい。背中も腰も足も捨てて、とにかく延髄。

が、それも、初期の話だ。後頭部を守る間に、頭頂部にハンマーを振り下ろされれば、それで終わりだ。

ハガキを見つめるうちに、手に汗をかいている自分に気づく。

●

「どうしますか？　残念ですけど、連載、中止にしますか？　それでも、編集部としては大丈夫ですよ。大変ですけど、別の連載を始めるって手もありますから」

『すばる』の担当編集者のKさんは、そう言ってくれた。

「先日、見せていただいた鴻上さんのお芝居、『リンダ　リンダ』を小説化するってのはどうです？　あの作品にも、元過激派が出てくるじゃないですか。鴻上さんのテーマとしては、この『ヘルメットをかぶった君に会いたい』と近いと思うんですよ。『リンダ　リンダ』だと、こういう手紙は来ないと思いますからね」

K編集者は、優しく微笑んだ。

「敵が見えない戦い」という言い方がある。普通は、現代の「一億総中流階級」化した現状を語る。冷戦終結以後、イデオロギーが崩壊した後の戦いだ。

最近だと、原理主義者による宗教戦争もまた、「敵が見えない戦い」だろう。どの宗教をどこまで深く信じているかなんてことは、見えない。見えないからこそ、敵は分からない。分からないけれど、確実に存在する。

そして、ハガキを見つめている僕もまた、別の種類の「敵が見えない戦い」に直面していた。

ハガキを送った差出人は、僕が見えている。けれど、僕には見えない。差出人は、僕が敵としてはっきりと見えている。けれど、僕には、いったい誰が敵なのか、まったく分からない。

敵は見えないけれど、確実に存在する。

●

大学に入った1年目、僕はすぐに養鶏場のようなマンモス教室に失望した。

大学教授は下を向いて、自分の書いた本を読むだけだった。その授業を取った生徒以外、誰も買わないと思える本を、平気で指定教科書にして売りつける人間性が理解できなかった。

ある教授は、教壇にカセットテープレコーダーを置いて、自分の声を流した、という話が伝わってきた。教授はスイッチを押し、教科書を朗読する自分の声を流し始めたのだ。

そして、そのまま教室を出て行った。読むだけなら、自分がいなくてもいいということらしい。

90分後、教授は、カセットテープレコーダーを回収するために教室に戻ってきたという。

もともと、東大に入りたいと思っていた。将来、官僚になる人間を見てみたかったのだ。

この理由を言うと、「ホント？」と意外な顔をされるが、僕は真剣だった。

この国が、どんな人間によって運営されているのか、その人間を見たかった。

けれど、1年浪人した後、東大は僕を不必要と蹴っ飛ばし、早稲田大学の法学部だけが僕を受け入れてくれた。

合格発表の掲示板を見ている時、なんの感慨も浮かばなかった。東大に入れなかった時点で、自分がどうしたらいいのか、まったく分からなかったのだ。

とりあえず通ってみた大学は、失望しか僕に与えなかった。さて、どうしようかと頭を抱え込んだ時、筑波大学に通っている高校時代のクラスメイトから連絡があった。

●

彼女Tは現役で筑波大学に合格していたので、2年生になっていた。

Tは、学園祭の実行委員の一人で、実行委員会主催の企画を考えていた。

筑波大学は、東京教育大学が筑波に移転して始まった大学だ。移転反対を巡って、激烈な学生運動があったという。「ベトナム戦争反対」というような政治的なスローガンではなく、「移転反対」はきわめて具体的なだけに、学生と教官を巻き込んで、大変な騒ぎになった。やがて、移転は強行され、筑波大学は、学生運動がまったくない〝クリーン〟な大学としてスタートした。

しばらくして、「この大学は3S政策だから」と学生も教官も自嘲《じちょう》的に言い出した。学生運動に生徒を向かわせず、反抗もさせないために、大学が用意した三つのS。

「スタディー」「スポーツ」「セックス」の三つ。

この三つのSにはまっている限り、学生は反抗しない、と言われた。

「スタディー」は、きわめて少人数のクラス編成で促進された。一クラス10人以下の授業では、代返もサボることもなかなかできない。

「スポーツ」は、充実した施設が促進した。

そして、「セックス」は、管理人のいない女子棟《とう》と男子棟の集合というシステムが促進した。

学内には、この女子棟と男子棟と呼ばれる学生宿舎が集まっている場所が何カ所かあった。ひとつの場所に、女子棟と男子棟がそれぞれ五つ前後あり、真ん中に共用棟と呼ばれるスーパーや銭湯が入っている建物があった。

今は知らないが、この当時、1年生と2年生は、全員がこの宿舎に入ることが半ば強制だった。そして、女子棟にも男子棟にも管理人はおらず、誰でも出入り自由だった。

僕は、高校時代のクラスメイトTに会うために筑波大学に向かった。

上野から常磐線で土浦駅へ。そこから、バスで筑波大学へ。早稲田からは約2時間の道のりだ。

キャンパスはだだっぴろい。端から端まで、自転車で20〜30分はかかるだろう。

共用棟の食堂で企画の打ち合わせを終わると、夜になっていた。

「俺は今日、どうしたらいいんだ?」

と、Tに聞くと、

「私の部屋に泊まればいいじゃないの」

と、Tは当然のように答えた。

彼女の宿舎は、もちろん、女子棟だ。

なんの障害もなく、僕は彼女の住む女子棟に入り、彼女の部屋に案内された。

僕とTは、高校時代、なんの関係もなかった。ただのなんとなくの友人だった。なんとなくの友人だったけれど、お互いが20歳の男女だった。20歳の男女が、6畳ほどの部屋で一晩、何事もなく過ごすことは不自然なのだ。

「泊まると、エッチしたくなるよ」

「いいじゃん。したら」

彼女の一言で、僕達の関係は始まった。

●

早稲田大学の授業に失望していた僕は、頻繁に筑波大学の彼女の部屋を訪ねた。

一度行くと、1週間ほど居続けた。女子棟なのに、廊下で男性とすれ違うことがよくあった。

この当時、筑波大学の周りは、ただの畑と田んぼと荒れ地で本当に何もなかった。

パチンコに行くためには、自転車を1時間近くこがないといけなかったし、喫茶店も数軒しかなかった。娯楽が、本当に「セックス」しかなかったのだ。

「娼婦棟」というニックネーム（？）をつけられた女子棟も出現した。その棟に住む女の子たちは、みんなガードが甘いという評判だった。そこの住人と知り合ってみれば、一人二人、盛んな女性がいて、他の十数人が、その女性に引っ張られて男を受け入れている状態だった。

この構図は、今の援助交際まで引き継がれているはずだ。地方都市で「自分の頭で考える」という訓練を受けないまま育ち、筑波に来た女子学生は、「みんなやっているから」という理由で、よく分からないまま娼婦棟の一員となる。

クラスで「友達がやっているから」という理由で、援助交際を始めるパターンとそれは同じだ。ちょっとカッコいい、なんて誤解した匂いが漂うことと、その過去をやがてなかったことにすることも、同じだと思う。

もっとも、「3S」の3番目のSを「スクリーン」だと公式にコメントしている大学関係者もいて、映画の上映会が学内で頻繁に行われていた。まだ、レンタルビデオ屋さんが極端に少なかった時代だ。

自殺が多いと言われたのも特徴だ。

けれど、これは、筑波学園都市だけの問題ではない。人工的に作られ、集められた街では、人は死ぬのだ。

ある社会学者の人と話していたのだが、人間は、集まるためには集まるだけの理由が必要だという。

どうして、そこに住むようになったのか？

どうしてそこに街ができたのか？

大きな川のほとりだったり、肥沃《ひよく》な土地だったり、入り江だったり、大きな街と街の中間だったり、土地には必ず、人が住み着いた理由があり、つまりは「物語」がある。人は、その「物語」に安心するという。

けれど、新興住宅地には「物語」がない。それは、不動産屋さんの計画だったり、お役人の線引きでしかない。

最近の幼児殺害や親殺しの多くは、この新興住宅地で起こっている。

新興住宅地は、おしなべて、清潔だ。町並みは整然と美しく、クリーンで、整えられている。そして、物語がない。

秩序はあっても、混沌はない。秩序しかない街に人は耐えられない。だから人は、街に混沌を作る。自分が死ぬことで。

学園都市は、その新興住宅地を何倍も清潔に、秩序立てて、作り上げた街だ。当然、人は死ぬ。

女子棟で、何日もベランダに立っている学生がいて、さすがに、三日目ぐらいに不審に思って訪ねてみると、ベランダの物干しで首を吊っていたという事件が起こった。

宿舎に住んでいるからこそ、友達がいない、という人は珍しくなかった。学内の宿舎に住み、そこから数分で教室、という生活は、人間関係の濃密な空間を作り出す。近くに数軒しかない喫茶店に行けば、必ず、知り合いに会った。人間関係の逃げ場はなかった。

だからこそ、人間関係から逃走し、友達を一人も作らない人も確実に存在した。

三日間、ベランダに立ったままだった女性には、友達がまったくいなかった。

発見者は、彼女のベランダの向かい側に建つ宿舎の女性だった。その女性が見つけなければ、彼女はずっと立ち続けていただろう。

そして、清潔すぎる空間に不安は渦を巻き、統一教会が浸透した。

噂もたくさん流れた。学内の学生相談室に行って、悩みを語ると、数日のうちに統一教会の勧誘員が部屋のドアをノックしたという。学内の上層部と統一教会は、情報を共有していると、学生達は声をひそめて語り合った。

統一教会に入ったかどうかは、ある日突然、宿舎からいなくなることで分かった。ドアの新聞受けから新聞が溢れ出て、ドアの前にぽつりぽつりとたまり始めると、「ああ、この部屋の人は、行ってしまった」とみんな判断した。

●

Tに頼まれた学園祭の企画は、映画を撮ることになった。何人かと相談しながら、僕は映画のシナリオを生まれて初めて書いた。

自主映画を撮ろうと、実行委員会で盛り上がった。

ストーリーは、大学に入ったはいいが、なにをしたらいいか分からず、自分を持て余している主人公に、いろんな人がからむ展開で、学生運動をしている人達も登場する。

これが、学校当局の検閲にひっかかった。何度話しても、当局は許さなかった。そもそも、学生運動をしている人間が登場するだけで、認めなかった。

学園祭の実行委員はそれで企画を中止した。僕達の世代の記憶には、学生運動の敗北と挫折と孤立が刷り込まれている。経験しなかったからこそ、圧倒的にイメージで刷り込まれている。だから、だれも抵抗しなかった。当局がダメと言ったらダメなんだと、みんな素直に納得した。

僕は、抗議の場にも出席できなかった。筑波大学に、早稲田大学の学生が出入りしていること自体、問題になりそうな雰囲気があったのだ。

Tは、謝った。本当に申し訳ないと謝った。僕は、負けるだろうという予感があった。みんな、穏やかに敗北するだろうと思っていた。だから失望もしなかった。

初めて彼女の部屋に泊まってから3カ月ほどがたっていた。僕達は、ベッドを共にしていたが、恋人だとはお互い名乗らなかった。

だんだんと打ち解けていった僕達は、筑波の夜にいろんな話をした。

彼女は筑波での生活を語った。新入生の4月からコンパが続き、誰かれなくキスをし、部屋に男を入れて、そうやって1年が終わったことを語った。初体験に何の感激もなかったことも、初めての男が、バイクの話しかしなかったことも、「筑波に来てもてなければよっぽど醜女《ブス》なんだ」と言われたことも、彼女はベッドで僕に語った。

彼女の話を聞いているうちに、僕の胸は痛み、彼女と恋を結びつけた。

筑波大学へ行こうと高田馬場から山手線に乗った時、中年のカップルが側にいた。

中年の女性は、男性にしなだれかかりながら、

「ねえ、私のこと、愛してる？」

と、唐突に聞いた。

「もちろんだよ。愛してるよ」

中年のスーツ姿の男性は、そう答えた。電車内に人は少なく、その会話を聞いているのは、僕だけのようだった。

「いや、愛しているなんて固い言葉じゃないな。違うぞ」男性は、急に訂正した。

「えっ？」女性の戸惑いを無視して男性は続けた。

「『好きだ』……うん、近いけどちょっと違うな。『惚《ほ》れてる』……これでもなくて『いとおしい』……近いんだけど、『抱きたい』……それはそうなんだけど『離したくない』『抱きしめたい』『切ない』『欲しい』……なんか違うんだよなあ。どれも、近いんだけど違うんだよなあ。ええと『食べたい』うーん」

電車は池袋に着き、男性は悩みながら降りていった。女性が後に続いた。Tと約束がなければ、僕も一緒に降りて、男性がなんと結論したのか知りたいという衝動にかられた。

僕はなんだか、「ことば」というものの大切なレッスンを無料で受けたような気がした。

●

僕が生活していたのは女子棟だから、男子トイレがない。当然、僕は女子トイレに入ることになる。20歳だった僕は、それまで女子トイレがあんなに汚いとは思わなかった。掃除は、掃除担当の職員さんがいたはずだ。だが、使用の頻度に追いつかないのだろう。生理用のナプキンを捨てる缶はすぐに一杯になっていた。

ギュウギュウに押し込んでも、フタを持ち上げて、使用済みの生理ナプキンが飛び出していた。

途中から、缶に入れることを諦めて、丸めたまま裸で缶の周りに捨てられるようになった。

その当時、まだ和式の便器だったので腰を下ろせば、目の前には、使用済みナプキンに溢れた缶があり、さらにその周りに使用済みのナプキンが5、6個落ちていた。丸めてはいたのだろうが、自然にでろんと広がっている。座ったまま、僕はナプキンを見つめた。広がった部分には、赤黒く乾燥した血液がたっぷりとついていた。

一人ではない。何人かのナプキンが集まっているように見えた。それぞれに血液の色が違った。

僕はそっと手を伸ばして、ナプキンをさらに広げた。

乾燥しているから、生々しさは感じない。それより、何人もの女性が、こうやって血を出し、集め、ここに捨てていているという事実の方に圧倒された。

ここには、むき出しの〝女性性〟とでもいうようなものがある、と男の僕は思った。

缶を開けることはまずないだろう。こうやって、目の前に何個もの使用済みナプキンが落ちているからこそ、初めて感じることだった。

僕は、その乾いた血液を見ているうちに、女性を神秘化するとか、理想化するとか、母親と娼婦に二分するとか、そういう観念と女性を結びつけることがとてもバカバカしく思えてきた。こうやって血を流すことはうっとおしいだろうなあとか、毎月は大変だよなあとか、そんなことを思った。

僕は、女子トイレに落ちていたたくさんの使用済みナプキンによって、女性のリアルをまず経験した。

●

クリーンな大学だったが、学生運動の萌芽があることがだんだんと分かってきた。一番の理由は、三里塚、成田空港が近かったことだろう。筑波大学からも、抗議行動に出ている学生がいることが分かった。もちろん、学生の地下のネットワークだ。大学当局に知られると、徹底的にマークされ、やがて、さまざまな理由で退学にされる、と噂された。

夏の夜、Tの部屋でビールを飲みながら、二人で話していると、『インターナショナル』の歌声が聞こえてきた。

数人の男子学生が歩きながら歌っていた。酔っぱらっているように感じた。普段なら決してやらないことを、夏の夜の闇に紛れて、騒いでいるのだ。

「我々は、筑波大学の管理体制に断固抗議するぞー！」

どこからともなく聞こえてきた声に対して、僕は思わず、拍手した。

「ありがとう！　連帯の拍手に感謝します！」夜の闇から声が返ってきた。

「だめよ！　そんなことしたら、この部屋を見つけられて、ここに来るわよ！」Tはすぐに声を上げた。

Tの学生運動に対する理解は、「怖い人達」だった。それは、その当時のまさに一般的な理解だった。

けれど、僕は拍手をやめなかった。

見えない人達に、拍手を送った。僕はあなた達の「見えない味方」なんだと示したかった。「見える味方」になるつもりはないけれど、少なくとも「見えない味方」にはなりたいと。

筑波では、大学当局は「見える敵」で、「見えない敵」は、清潔すぎるキャンパスだった。

●

2カ月ほどして、叫んでいた学生と、とうとう出会った。早稲田から来た男が女子棟に住んでいて、大学当局にシナリオを拒否されたという噂が伝わったのだ。

「三里塚に行かないか？」

ヒゲ面の男は、声をひそめて、そう言った。車はあるから、あんたは乗るだけでいいからと。

その男の言い方があんなにも高圧的でなければ、ヒロイズムに酔っているいやらしさがなければ、僕はあの時、行っただろう。そして、僕の人生は変わっていただろう。この原稿を書くこともなかったはずだ。

●

僕は今、こうして原稿を書いている。ヘルメットをかぶった君への旅を続けている。知り合いをあたり、彼女の写真を見せて回っている。やがて、彼女にたどり着く奇跡が起こるんじゃないかと僕は思っている。

そして、「見えない敵」も僕にたどり着くのだろうか。

●

僕が作・演出を担当している『リンダ　リンダ』の公演が新宿のシアターアプルという劇場で続いていた。全編を「ザ・ブルーハーツ」の楽曲で創り上げたミュージカルだ。

メインボーカルを大手のレコード会社に引き抜かれて、取り残されたバンドメンバー達の物語だ。

リーダーのヒロシはバンドをなんとかしようとするが、事態はさらに悪化する。

メインボーカルのカズトが引っこ抜かれた後、さらに、ドラムのヨシオも、バンドを辞めると言い出す。

「世の中にはどうしようもないことがあるんだよ」

という一言を、リーダーのヒロシに残して。

その「どうしようもないこと」の代表が、アザハヤ湾の堤防だ。ヨシオの故郷の海を殺しているこの堤防は、決してなくなることはない。国と県が、一回作ると決めたら、どんなに無意味な公共事業でも、工事は続くんだとヨシオは思っている。「だから、世の中なんてどうしようもないんだ」と。

そして、ボーカルのカズトも、兄であるヒロシに言う。

「世の中なんてどうしようもないんだよ。分かってないのは、兄ちゃんだけなんだ」

兄のヒロシは興奮しておもわず叫ぶ。

「じゃあ、お前、堤防が開《あ》いたら、帰って来たムツゴロウと一緒に歌うか!?」

弟は、半分呆れながら、「海が戻ったらね。でも、堤防は絶対に開かないよ」と答えた。

そして、ヒロシは、「ロックとは永遠の反抗、連続する抗議じゃないのか。なのに、世間のロックバンドは、ただ歌を歌うだけで何の行動もしない。俺達は、本物のロックバンドになるんだ!」と宣言して、アザハヤ湾の堤防爆破計画を語り始める。

ただ一人バンドに残ったマサオも、マネージャーのミキも、この計画に呆れるが、ヒロシが元過激派の荒川と名乗る人物と出会ったことから物語は動き始める。

荒川は「絶対に人を傷つけず、絶対にバレず、ただ堤防だけがなくなる」計画の可能性を語る。バンドのメンバー達は巻き込まれていく。

もちろん、アザハヤ湾は、諫早《いさはや》湾の潮受け堤防をモデルにしている。ただ特定の地域の話にしたくなかったから、諫早湾を匂わせながら、架空の地名にしたのだ。

●

公演が終わって劇場を出ると夜の11時近くになる。今回は音楽劇なので、休憩があって、3時間15分ほどの長さなのだ。

楽屋口を出ると、そこは、夜の歌舞伎町だ。黒服の男達が、道をふさいでいる。ホストクラブの勧誘だ。石原慎太郎都知事は、風俗を駆逐して、歌舞伎町をホストクラブの街にした。

足早に駅に向かっていると、靖国通りのドン・キホーテの前で、突然、後ろから声をかけられた。

「鴻上さんだよね」

振り向けば、中年の男だった。痩せて、目だけが鋭い。エラが張って、無精ヒゲが伸びている。

瞬間的に身構えた。「……なんでしょう?」

「本気なの?」男は、早口で言った。

「何がですか?」

「分かってるだろう」

男はイラついて答えた。この男かもしれないと思う。どこか、戦いの匂いがする。今も現役で革命運動をしている男なのだろうか。そして、僕にハガキを送ってきた人物なのだろうか。

「だから、何です？」僕は語気強く返した。

「アザハヤ湾、いや、諫早湾、本当に爆破したいなら、一緒にやろうよ。手を貸すよ」

男は、僕の目を見つめて一気に言った。

「こんな作品を書くってことは、本当は、あんた、爆破したいんでしょ？　一緒にやろうよ」男は、ニヤリと笑った。狂っている目ではなかった。

7

なんと答えていいか分からなかった。

男は、じっと僕の目を見つめて、もう一度言った。

「諫早湾、爆破したいんでしょう？　一緒にやろうよ」

周りの風景が高速度で回転し、中心にいる自分の時間が粘りつくような感覚に襲われた。

こんな映画を見たことがあると思った。サイバーパンクの映画だ。周りの人間が高速度で歩き、主人公は時の圧力にからめとられて動けない。

「……冗談はやめてください」

何十秒かして、やっとそう言った。

そのまま、男から離れようとすると、男が呆れたように言った。

「本気じゃなかったの？　あんたの演劇を見て、あんたは間違いなく本気だと思ったのに。ただのエピソードなの？」

男は離れようとする僕にぐいと近づき、言った。

「まさか、作品のためのただのネタなのか？」

男の言葉には、小さな軽蔑が匂っていた。

男を振り払って、足早に去ることも可能だった。だが、僕は、男の軽蔑の匂いが気になった。言うことは言っておいた方がいい。そう思うことで、今までどれだけ人生、損をしてきたか分からないにしても……。

一瞬、男の動きの方が早かった。無精ヒゲで神経質そうな男は、僕の腕をつかみ、もう一度、言った。

「ただのネタなのか？　商売なのか？」

僕は、男の細い目を見つめ返して言った。

「作品を書く時は、いつも本気です。本気でなければ、作品は書けません」

「じゃあ」男の顔がかすかにほころんだ。

「ですが、それと、実際に諫早湾を爆破することとは無関係です」

「どうして？」

「どうしてって、じゃあ、殺人の戯曲を書いたら、実際に人を殺すんですか？」

自分でも、一番低レベルの切り返しだと思いながら、思わず言ってしまった。

「殺人の話じゃない。諫早湾の話だよ」

男は、理解できないという声で返した。

「あなたは僕をからかってるんですね」

「どうして？」男が意外だという顔を向けた。

どうして、こんな会話を新宿の雑踏の中でしてるんだろう。

「失礼します。人が待ってるもので」僕は、怒りの混じった声で言った。

「連絡ください。私はあやしいものじゃない」

男は突然、丁寧な言い方になった。そのまま、ポケットから紙切れを取り出した。

「一緒に、諫早湾を爆破しましょう」

男はそう言って、その紙を差し出した。

僕は動けなかった。

男は、僕の左手を取り、押しつけた。「連絡ください」男は、背を向けて歩き出した。

声も出なかった。ただ、男の背中が、靖国通りの雑踏に消えていくのを見ているだけだった。急に背中がひんやりとした。じっとりと汗をかいていることにやっと気づいた。


僕は、今回の芝居『リンダ　リンダ』で初めて、学生運動を自分の書く物語に登場させた。戯曲という物語を書き出して23年目のことだ。

元活動家の荒川というキャラクターを登場させた。

荒川は、30年間、革命運動を続け、3カ月前に運動から身を引いた設定にした。

そして、荒川は、空虚な自分を発見する。なにもすることがなく、なにもできず、ただ時間を持て余して、喫茶店で時間をつぶすだけの日々だ。社会復帰できないまま時間だけが過ぎていく。

そんなある日、喫茶店で偶然、アザハヤ湾を爆破するんだと話しているヒロシ達の会話を聞いた。

もっとも、爆破すると興奮していたのは、バンド『ハラハラ時計』のリーダー、ヒロシだけで、ベースのマサオとマネージャーのミキは、ただ呆れていた。

荒川は、隣の席で、彼らの会話をむさぼり聞く。

ヒロシには、興奮する理由があった。

『ハラハラ時計』は、大手のレコード会社にボーカルだけを引き抜かれて、解散寸前になっていた。

音楽劇『リンダ　リンダ』は、次のようなヒロシのモノローグで始まる。

「大手のレコード会社がやってきて、メインのボーカルだけを引っこ抜いていった。その夏の終わり、僕達に起こった出来事をうんと簡単にまとめるとそういうことだ。他人事には、『かわいそうになあ』なんて一言も出ない。『へえ』と小さく反応して、関係ない話だと切り捨てる。そうやって、僕達は、切り捨てられた。レコード会社とボーカルのカズトに。問題は、カズトは、僕の本当の弟で、僕はバンドのリーダーだったということだ」

カズトが引き抜かれたことで、ドラムのヨシオも、『ハラハラ時計』を辞めると言い出した。

もう、いい歳になるから、故郷に帰る。いい歳になると、自分にどれぐらいの才能があるか、分かってくるんだよ――それが、ヨシオの別れの言葉だった。

「何言ってるんだ！　才能ってのは、夢を見続ける力のことなんだぞ！」

ヒロシが興奮して叫べば、ヨシオは、小さく、「じゃあ、見続ける力がなくなっちゃったんだよ」と答えて去った。

マネージャーのミキも、ベースのマサオも、「これからどうすればいい？」とリーダーのヒロシに迫り続ける。けれど、ヒロシは、うまく答えられない。お茶を濁して、ミーティングは強引に終わらせた。けれど、リーダーとして、何らかの方向を打ち出さない限り、バンドは空中分解することをヒロシはようやく分かっていた。

でも、どんな方向があるんだ？

途方に暮れた夜、弟のカズトから電話がかかってきた。

●

「兄ちゃんだから言うんだけどさ、俺だって、本当は一緒にやりたかったんだよ。だけど、今のままじゃ、売れないだろ」カズトは遠慮がちに語り出した。

そんなこと分からないだろ！　と、ヒロシが興奮すれば、

「分かるよ。今どき、『クソッタレの世の中と大人達にファックユー』なんて言う？」

カズトの口調には、半ば同情の匂いさえあった。

クソッタレの世の中と大人達に対して抗議する音楽、それがロックだとヒロシは思っていた。永遠の反抗、連続する抗議、それがロックだと。

が、弟のカズトには、そんな考え方は理解できなかった。

「兄ちゃん、俺、売れる歌、歌うからね。ポップでキャッチーでドラマの主題歌になる曲、歌うから」

「それでいいのか？」

「いいに決まってるじゃない。兄ちゃん、もうガキじゃないんだからさ。大人達にファックユーなんて言ってたら、自分に言うことになるんだよ」

いったい、いくつから大人なんだろうと、ヒロシは思った。30歳になれば、さすがに、自分を大人だと認めなければいけないのか。大人になった自分にファックユーじゃあ、いけないのか。それとも、カズトのように20代前半までしか言ってはいけない言葉なのか。

反論の言葉を探している間に、カズトがまた言った。

「ヨシオさんから電話あったよ。故郷に帰るって」

「……そうか」

ヨシオは、本気なんだと思った。本気だからこそ、自分の生活すべてにケリをつけようとして、カズトにまでちゃんと電話したんだ。

携帯を握りしめたまま、ヒロシは次の言葉が出なかった。

「約束、守れなかったね」

カズトが意外なことを言った。

「約束？」

「覚えてないの？　アザハヤ湾の堤防の話。ヨシオさん、堤防が開《あ》いて、アザハヤ湾に海が戻ったら、そこでライブやろうって言ってたでしょう。力一杯、ドラム叩いて、帰ってきたムツゴロウ、歓迎するんだって」

ヨシオの故郷は、アザハヤ湾に面した町だった。

ヒロシは思い出した。それは、数年前のライブの日だった。ライブハウスの狭い楽屋のテレビで、アザハヤ湾の潮受け堤防工事が始まったというニュースを見て、ヨシオは、激しく興奮していた。

「ギロチンだよ！　海がギロチンで殺されてるんだよ！　ファッキン堤防！　サノバビッチ！」

その様子があんまり異様だったから、みんな、じっとヨシオを見つめた。

ミキが思わず、「どうしたの？」と聞けば、ヨシオは、ドラムのスティックをテレビ画面に向けて叫んだ。

「みんな、知らない？　このファッキン堤防！　俺の父ちゃん、ずっと反対してるんだ。タイラギ貝が取れなくなったから、堤防の工事を中止しろって、ずっと前から言ってるのに。みんな、お金貰って、賛成したんだ」

テレビ画面では、鉄板が次々と海に刺さっていた。確かにギロチンに見えた。ドミノ倒しのように連続して海に刺さっていくギロチン。上空のヘリコプターから撮られた映像だろう、その列が延々と続き、終わりは見えなかった。ただ、ドミノ倒しのギロチン落下が延々と続く。後から、堤防の長さは7キロと聞いて納得した。この長さでは、堤防の果てはなかなか見えない。

海を二つに分けるギロチンの列。右の海はやがて干上がり、タイラギ貝もムツゴロウもトビハゼも死んでいく。左の海はやがて、原因不明のプランクトンの大量発生でノリが死んでいく。

けれど、それは、もう少し後の話。

ヨシオは、テレビの前で、自分のエネルギーを持て余していた。ウロウロと歩き回り、スティックを持った両手をぶんぶんと振り回し、ツバを飛ばし、テレビ画面に向かって中指を立てて怒っていた。

「ヒロシ、俺は今日を絶対に忘れないよ。293枚の鉄板が海に打ち込まれて、アザハヤ湾が消えて、ムツゴロウが死んで、クソッタレの国と県と建設会社が笑った今日を、絶対に忘れない」

ヨシオは、みんなを見回して言った。

「俺は、今日、一生、パンクロックをやっていこうって決めたんだ」

●

けれど、ヨシオは、故郷に帰ることに決めた。ムツゴロウを再び迎えないまま、堤防も開かないいまま。

30歳を過ぎて、大人になったからかもしれない。才能がないと、自分で決めたからかもしれない。反抗する熱意、抗議するエネルギーがなくなったからかもしれない。

ヒロシは、はっきりとあの日のヨシオの言葉を思い出した。

電話口の向こうで、カズトが話を続けた。

「あの後、僕、ずっと堤防のこと、気になってたんだ。誰が見ても、海が死んでいくのは、アザハヤ湾の堤防が原因なのにさ、絶対に工事は中止にならないし、絶対に堤防は開かないんだよね」

　その諦めきった口調にヒロシは、カチンときた。

「そんなの分かんないだろ」

「分かるよ。兄ちゃんが分かってないだけなんだ」

　カズトが逆にムキになった。

「兄ちゃん、言ってたじゃないか。俺達の歌は、大人達に対する戦いだって。でもさ、どんなに戦っても堤防は絶対に開かないし、海は戻って来ないんだ。世の中なんてどうしようもないんだよ」

　それは、ヒロシが一番嫌いな言い方だった。

「どうしようもなくないよ！」

　そして、これがカズトが一番嫌いな反応だった。どうしようもなくないという幻の希望。反吐《へど》が出る、その場だけの希望。カズトは、ぐっと携帯を握りしめて言った。

「どうしようもないよ！　分かってないのは、兄ちゃんだけなんだ！」

　この言葉に、さらにヒロシは興奮した。

「じゃあ、堤防が開いたら、お前、俺達と一緒に歌うか？　堤防が開いて、アザハヤ湾に海が戻ったら、ヨシオのドラムと一緒に、もう一回、歌うか？」

　自分でも、勢いだけの言葉だと分かっていた。売り言葉に買い言葉だということも分かっていた。けれど、ヒロシは、こう言いたかった。どうしても、言いたかった。

　カズトが、呆れながら返した。

「兄ちゃん、弟として忠告する。これを機会にちゃんと就職して、アキコさんを幸せにして下さい。そうしないと、アキコさんまで失うことになるよ」

アキコさんとは、ヒロシが7年付き合っている恋人だった。ヒロシとは高校のクラスメイトで、今はOLをやっている。同級生なので、彼女も、もうすぐ30歳になる。

この忠告に、ヒロシはさらに興奮した。興奮して、忠告を無視して、こう言った。

「海が戻ったら、帰ってきたムツゴロウに向かって歌うんだな。そうだな！」

カズトは、半ば笑いながら答えた。

「海が戻ったらね。でも、海は絶対に戻らないよ。世の中にはどうしようもないことがあるんだよ」

「俺の人生に、〝絶対〟なんて言葉はない！」

そう言い切る前に、カズトは電話を切った。

怒りながら、ヒロシはエネルギーに溢れている自分に気付いた。カズトと電話で話す前と後では全然違う。自分は今、別の世界にいる。

それは、目標が出来たからだとすぐに分かった。どんなに遠くても、どんなに無謀でも、どんなに無茶でも、どんなに無意味でも、俺には目標がある。それが、一番のエネルギーの源なんだと分かった。とりあえず、バンドは進むべき方向が見えた。

ヒロシは幸福だった。どんな理由であれ、幸福は幸福だった。ヒロシは、こんな種類の幸福があることを初めて知った。

『ハラハラ時計』のミーティングで、ヒロシはマネージャーのミキとベースのマサオに提案した。

「みんな、ロックとは何だ？　ロックとは、永遠の反抗、連続する抗議、そうだろ？　なのに、世間のロックバンドを見てみろ。どこに本当の反抗がある？　歌うだけで誰も行動しない。俺達は、口先だけじゃない。本当のロックバンドになる！」

ヒロシはますます興奮し、ミキとマサオは、どうしたんだと、混乱した。

「俺達はアザハヤ湾の堤防を爆破する。それが、『ハラハラ時計』の次のライブだ！」

ミキとマサオは、すぐにミーティングを終了させた。会話にもならなかった。

次のミーティングの時、バカなことはやめろと言うミキとマサオに、ヒロシは、熱く、アザハヤ湾の堤防の爆破を語った。インターネットで「黒色火薬」の作り方を調べた。だから、俺達はムツゴロウを助けられるんだ、と。

そこで荒川と接点が生まれた。

荒川は、ミーティングが行われた喫茶店の中にいた。正確には、隣の席に座っていた。

組織を辞め、これから何をしようかと考えた時、自分には、興味のあることがないと、荒川は気づいた。ただ、革命運動を辞めることが目的で、自分には、するべきこともしたいこともないということに愕然《がくぜん》とした。

2カ月半、ぶらぶらして、途方に暮れて、しょうがないので、死のうと思っていた。

そんな荒川の耳に、「爆破」や「黒色火薬」「ムツゴロウを助ける」という言葉が飛び込んできた。盗み見れば、若者が語っている。

彼らは、試行錯誤を続けながら、爆弾を作り、何かを破壊しようとしている。そう分かった時、荒川は血が沸騰してくるのを感じた。心臓が69年のように高鳴っている。それは、私が最も得意とする分野だ。

荒川は、自分がまだ世界から見捨てられてないかもしれないと感じた。まだ、時代が自分を必要としている可能性があると。

荒川は、彼らの後をつけ始める。どこかで、彼らと接点を持ちたいと熱望して。

こうして、『リンダ　リンダ』の物語は、アザハヤ湾の堤防の爆破に向かって進んでいく。

●

身も蓋《ふた》もなく本気なのかと問われたら、身も蓋もなく本気だと答える。アザハヤ湾のモデルとなった諫早湾にギロチンが落とされた日、僕は真剣に爆破を考えた。

どうして、成田空港の強引な開港であれだけ暴れた新左翼の人達が行動を起こさないのか不思議だった。

爆弾を作れる友達を持ってないことを真剣に後悔した。

けれど、それと、見知らぬ人間に、「一緒に爆破しましょう」と誘われるのは、別問題だ。

男が渡した紙を広げると、文章が2行書かれていた。

1行目は、アルファベットが並ぶインターネットのメールアドレスだった。

その横に、「僕達は、僕達の1978年3月26日を創る」と書かれていた。

●

1978年は、僕が早稲田大学に入った年だ。キャンディーズが解散した年でもある。

僕は、1年間、京都で浪人した後、受験のために東京に出てきた。

その日は、ちょうど、ボブ・ディランの武道館コンサートの夜だった。ホテルは九段下にあり、東西線の九段下駅で降りようとしたら、コンサートが終わった時間で、観客がどっと乗ってきた。

「降ります！」と叫んでも、圧倒的な群衆は、僕を地下鉄の車内に押し戻した。

群衆をすり抜けたり、降りるタイミングを発見する東京生活の必修テクニックを、まだ身につけてなかったのだ。

「一体、何があったんですか？」僕は、乗り込んできた人に素朴に尋ねた。

「ボブ・ディランのコンサート」見知らぬ女性が小さく答えた。

「なら、文句言えないか。ボブ・ディランじゃあ、しょうがないよね」僕は陽気に言った。

今度は誰も反応しなかった。

僕は、まるで同じ町内会の人間と会話しているような気持ちだった。共同体は壊れてないと思っていたのだ。すぐに、目の前の人間の数と沈黙の落差に、僕は呆然とした。

10年ほど後、東京生活に慣れた頃にミック・ジャガーのコンサートで東京ドームに行った。

コンサートが終わり、タクシーに乗った。

友達と二人で、「よかったなあ」と言い合っていると、運転手さんが、「よかったですねえ」と、相槌を打って来た。

聞けば、タクシーを止めて、たった今まで同じようにコンサートを楽しんでいたという。終わってすぐに、タクシーに戻り、最初の客が僕達だったのだ。

「ほんとによかったですよねえ」という運転手さんの言葉を聞くうちに、僕は、自分でもびっくりするぐらい幸福な気持ちになっていた。

幻の共同体を実感したような気持ちだった。見知らぬ人が、同じ町内会に所属していた感覚。突然、同胞を発見した感覚。

「よかったですねえ」「よかったですよねえ」そう言い合いながら、僕達は新宿に向かった。

●

家に戻り、「1978年3月26日」をインターネットで調べてみた。

この日に起こった主な出来事は、『成田空港管制塔占拠事件』だった。

成田空港開港を四日後に控えた26日、15人の過激派が、突然、地下の排水溝から出現し、管制塔まで駆け上がり、占拠し、無線設備、機器を破壊し、開港を2カ月遅らせた事件だ。

思い出した。

僕は、早稲田大学に入学するために上京する途中、新幹線の岡山駅で、この事件を知った。駅に置いてあったテレビのニュース映像では、管制塔を占拠した、ヘルメットにタオル覆面の男達が映っていた。

無性に興奮した。

興奮しながら、「三里塚の農民は興奮して泣いているだろうなあ。だけど、開港の時期が先になっただけなんだよなあ。絶対に開港されるんだよなあ」と、複雑な気持ちだった。

それはまるで、醒めながら興奮している感覚だった。勝利しながら、負けることを確信している感覚でもあった。

あれから、約25年たって、「個人が国家的規模の行事に影響を与えた唯一の事件」と解説している文章を見つけた。

あの男が渡した紙をもう一度、見つめる。

「僕達は、僕達の1978年3月26日を創る」

●

編集部のKさんから連絡があった。

ヘルメットをかぶった彼女の写真に反応した人がいたというのだ。

Kさんは、彼女の写真を複写して、あらゆる人に配っていた。その1枚が、1969年に早稲田の文学部にいた人にたどり着いたのだ。

すべての予定を吹っ飛ばして、待ち合わせの時間を作った。場所は、渋谷の東急インの喫茶店。Kさんと一緒に、待った。

久々に興奮している自分に気づく。

Kさんの携帯が鳴った。店の前にいるという。Kさんが迎えに出て、恩田さんはやって来た。

50代のサラリーマンだろう、少し太り気味で、右の頬に大きなホクロがある。

わざわざどうも、と儀礼的な挨拶をした後、恩田さんは、回りに回ってたどり着いた、ヘルメットをかぶった彼女の写真を取り出しながら言った。

「たぶん、木崎さんじゃないかと思うんですよ、第二文学部の。きれいな人だったから、覚えてるんですよね」

心臓がはっきりと分かるぐらい高鳴っている。何から聞けばいいのか……。

「専攻はなんですか？」

「おそらく、露文だと思うんです。よくは分からないんですけど」恩田さんは、答えた。

「あの、失礼ですけど、恩田さんも学生運動を……」

早すぎた質問だったかもしれない。一瞬、後悔した。

「いやあ、僕はノンポリでした。議論は好きでしたけど、運動は嫌いでね。でも、木崎さんとは議論したかったですねえ。でも、上級生で運動をバリバリやってて美人でしたからねえ。なんか、腰がひけてねえ……」恩田さんは、懐かしそうに微笑んだ。

「あの、いきなりの質問なんですけど、木崎さんが今どうしているか、分かりませんんか？」

「それなんだけどね、やっぱり、分からないよね」恩田さんがすまなそうに言った。

「そうですか……」

「でもね、住所は分かるかもしれないよ」

一瞬、脳がショートした。

「え？」

「僕の親友が木崎さんと同じ高校の出身なんだよね。同窓会名簿で、木崎さんの実家が分かるからね。そこから、彼女の現在が調べられるんじゃないかなあ」

……許されることなら、その瞬間、僕は恩田さんに飛びつき、感謝の抱擁をしたかった。アングロサクソンならそうしただろう。この時だけは、控えめなモンゴロイドであることが悔しかった。

「調べてみようか？」

「ええ、ぜひ！」

恩田さんは、微笑んだ。「すぐに分かると思うよ」

「すみません」

「いやあ、××さんに頼まれたら、嫌とは言えないんだよね」

恩田さんは、パソコン会社でワープロソフトの開発に携わっていて、作家さんに何人もの知り合いがいるという。集英社の重役経由で、ヘルメットをかぶった彼女の写真が回って来たのだ。××さんは、重役の名前だ。

「ただし、あの、お願いが二つあるんです」

「お願い？」

恩田さんの顔が一瞬、真面目になった。「彼女の実家に電話する時、私の名前は……」

「ええ、分かります。恩田さんの名前は出しません」

「いや、複雑な気持ちなんです。彼女は、今じゃ、学生運動していたことを隠しているかもしれないし、誇りに思ってるかもしれないし。どちらにしろ、余計なお節介なんですよね」

「はあ……」うまく言葉を返せない。

「でもね、知りたいんです」

恩田さんの声が急に強くなった。

「あれから35年以上たって、もし、彼女が生き延びていたら、どんな人生を送ってきたか、知りたいんです。僕達の世代は、学生運動があったからか、死んだ奴が多いんです。クラスメイトが何人も自殺してるんです。ですから、もし、彼女が見つかったら、どんな人生を送ってきたのか、今、どんな生活をしているのか、後でこっそり教えて欲しいんです。それが、彼女の実家の電話番号を教える代わりのお願いです。いいですか？」

恩田さんは、すまなそうに微笑んだ。

恩田さんが帰った後、僕とKさんは、しばらくの間、動けなかった。

「いよいよですかね……」Kさんが、やっと声を出した。

「……そうなるといいですね」僕はぬるくなったコーヒーを飲みながら答えた。

静かに僕達は興奮していた。

●

次の日、さっそく、Kさんの携帯に恩田さんから電話があった。恩田さんの言葉を伝えるKさんの声は小さく震えていた。

「彼女の実家の電話番号が分かりました。今から電話しようと思うんですが、僕がしてもいいですか？　それとも、鴻上さんがしますか？」

「僕が電話します」僕の声もまた、かすかに震えていたはずだ。

Kさんから聞いた075で始まるその電話番号を見ながら、ひとつ、深呼吸した。

君に出会ったら、僕は廃人にされるのだろうか。この電話のことを『すばる』に書けば、あのハガキを書いた人間は、とうとう、「目に見える敵」になるのだろうか。

それでも僕は君に会いたい。

ヘルメットをかぶった彼女は、今、どこで何をしているのだろう。

8

けれど、電話番号を前にして別な意味で途方に暮れていた。実家に電話して、親御さんになんと言えばいいのか。

これが、予定調和のドラマなら、「私は娘さんの高校の時の同級生なのだが、今度、同窓会を開くことになったので、彼女の現在の住所を教えて欲しい」などと言えば、すむのだろうか。

親御さんは、なんの疑問もなく、彼女の現在の住所を教えるのだろうか。

けれど、彼女がいまだヘルメットをかぶっていたとしたらどうだろう。または、彼女が彼女にヘルメットをかぶらせようとする関係者からいまだ逃げ続けているとしたらどうだろう。彼女が、ヘルメットをかぶった過去に関係するすべてのことを拒否していたとしたらどうだろう。

そして、親御さんは、彼女のそういう歴史と存在に翻弄されて、世間に対して激しく警戒し、閉じていたとしたら。

もちろん、ヘルメットをかぶったことが青春のエピソードで、彼女は普通に卒業し、平穏に人生を送っているかもしれない。

ならば、彼女の現在を問い合わせる電話に、彼女の親御さんは、なんの警戒もなく応対するだろう。

けれど、ヘルメットをかぶった彼女が、1969年4月、早稲田大学の記念会堂前で映像に撮られた後、どんな人生を送ったのか、今の僕にはまったく分からない。

青春のエピソードだったという証拠もなければ、いまだに青春が終わった後の延長戦を闘っているという確信もない。

不用意な問い合わせで、唯一の手がかりを失くしてしまう可能性もある。

メモを見つめ、ためらい、気がつけばかなりの時間がたっていた。高校の名前を覚え、同窓会のストーリーを作り、能天気に電話をかける物語を作り上げた。

電話をすることで唯一の手がかりをこじらせて失くしてしまうかもしれない。けれど、これが、今現在、僕が知っている彼女にたどり着く、まさに唯一の手がかりなのだ。

●

仕事部屋の子機を握り、メモを見つめた。自販機で買ったペットボトルのお茶を飲む。心臓の位置を実感する。皮膚の上から、血液の波打つ感覚が分かる。

こんな感覚は、芝居の初日の幕が開く時だけだ。

ゆっくりと番号を押した。すぐに、機械的な声が聞こえてきた。

「お客様がおかけになった電話番号は現在使われておりません。番号をお確かめになって、もう一度おかけ直しください」

……36年前の電話番号が、そのまま通じると考えた方が能天気だったのかもしれない。全身から急速に力が抜けるのを感じながら、このアナウンスを聞くのは久しぶりだと思った。奇妙な懐かしささえ感じた。懐かしさは安堵に通じた。とりあえずの安堵。そして、失望へ。

電話番号のメモを見つめながら、この番号がかつて示していた場所に行くしかないと思った。

０７５で始まる番号は、たしか、京都だ。

●

諫早湾を訪ねる仕事が近づいていた。

九州エリアだけで放送される九州限定の旅番組だった。

「鴻上さん、九州になにか思い入れのある場所はないですか？」

そう聞かれたのは、『リンダ　リンダ』の取材旅行で、初めて諫早湾を訪れた後だった。

『リンダ　リンダ』について聞き、『リンダ　リンダ』の上演を見たＴＶ番組のディレクターは、諫早湾を訪ねるという企画に決めた。

「ただ、諫早湾だけだとまずいんですよ。なにせ旅行番組でしてね、環境問題番組でも政治番組でもないんで。だから、有明海を中心にしたグルメの旅にしますね」

30代半ばのディレクターは、快活にそう言った。

●

初めて諫早湾に取材旅行に行った時、僕は二人の人物に会った。

一人はTさん。

彼は、10年以上前、諫早湾の基礎工事が始まった時は、タイラギ貝の漁師だった。

タイラギ貝は、諫早湾の堤防予定地のすぐ外側、有明海の海底で捕れていた。

堤防の基礎を作るために、海底に砂利でできた基盤を打ち込み始めた年、タイラギ貝は全滅した。

Tさんをはじめとしたタイラギ貝の漁師達は、激しい抗議行動を起こした。漁船で砂利運搬船の海路をふさいだり、長崎県の九州農政局諫早湾干拓事務所に抗議デモをしかけたりした。

が、いかんせん、タイラギ貝の関係者は少なく、県も国も、抗議行動を無視した。

そして、タイラギ貝の全滅は、堤防工事とは関係のない〝自然の影響〟と断定されて、工事は続けられた。

県と国は、Tさん達タイラギ貝の漁師達に、抗議を続ける代わりに堤防工事に参加しないかと、もちかけた。

補助金を出すので、工事会社を作って、堤防工事を請け負わないかと提案したのだ。

僕は、三流社会派娯楽小説の粗筋《あらすじ》を書いているのではない。これは事実だ。事実ではないという訴訟があれば、僕は勝利する確信がある。

Tさんは、元漁師達を集めて会社を作り、社長になった。漁船に乗っていたTさんと仲間は、ブルドーザーやトラックに乗り換えた。

そして、堤防工事は続いた。

数年後、293枚のギロチンが諫早湾に落とされて海は干上がり、堤防工事は本格化した。

Tさんは、順調に会社を経営していた。そう、工事が続く限り、会社は順調なのだ。

そして、有明海のノリが異変を起こした。ノリを養殖している3県の漁協は、激しい抗議行動を始めた。

タイラギ貝が全滅した時、抗議行動は100人という単位だった。その当時、Tさんは、長崎県の漁協にも他県の漁協にもマスコミにも助けを求めた。だが、みんな、タイラギ貝のことだと無視した。好意的に言えば、本気で支援しなかった。

が、3県のノリの被害に対して、3県の漁協は、数千人の抗議行動を起こした。タイラギ貝と、被害の金額の桁が違ったのだ。

もちろん、農政局の干拓事務所にも押しかけた。

Tさん達がタイラギ貝の被害を訴え、所長に会わせろと押しかけた時は、閉ざされた玄関から突入しようとして、公務執行妨害で何人かが逮捕された。

3県の漁協の数千人が押しかけた時、閉ざされた玄関は破られ、1000人近くがビル内になだれ込み、工事の一時凍結を所長に約束させた。

工事は中断した。諫早湾の堤防がノリの被害と関係があるのかを調べるという名目で、工事は止まった。そして、Tさんの会社は収入がなくなった。工事がないのだから、入金はない。代わりに、建設機材のリース代や社員の給料だけは月に数千万という金額で出て行く現実だけが残った。

Tさんは、堤防工事の再開を主張して、抗議行動を起こした。

取材をしていた僕に、Tさんは言った。

「俺たちがタイラギ貝が死ぬってさんざん抗議した時には、マスコミも誰も応援してくれなくてさ。それなのに、ノリが被害を受けたら、マスコミはいきなり応援するんだよ。それで、工事を続けて欲しいって言ってる俺は悪者になるんだ。有名なキャスターがいるだろ。あいつ、俺が工事で儲けている代表みたいに言いやがった。ふざけるんじゃねえよ！」

Tさんは、僕にではなく、自分を取り囲んでいる幻のマスコミに向かって叫んだ。

「だから、10年前に、俺達は、こんな堤防、すぐにやめるべきだって言ってたんだよ。なのに、誰も聞かなかったんだよ。漁協のやつらも、ノリや魚に影響がなかったから、タイラギ貝を無視したんだよ。それが、今になってノリが死ぬなんて騒いでさ。10年前に、俺たちは言ったんだよ。こんな堤防、すぐにやめちまえって！」

10年前、やめちまえ！　と孤独に叫んだ人が、工事の再開を熱望して、工事を中止させた人間達に抗議している。

「俺達が農政局の干拓事務所に行ったら逮捕してさ、あいつらが押しかけたら中止にするんだよ。なんだよ、それは!?　ドアのガラス、割った方が勝ちなのか？　押し入った方がいいのか？」

　がっちりとした体で色黒に日焼けしたTさんは、土木会社の社長という雰囲気だった。けれど、パンチパーマの髪やアゴの張った精力的な外見は、漁師だと言われても通用するだろう。

　僕がインタビューした時、工事は再開されていた。Tさんは、抗議行動で工事を中止されたとして、3県の漁協を損害賠償で訴え、その後、その訴訟を取り下げていた。工事が中止になった間の損害は、県と国が、なんらかの名目で助けようとしていた。

　しかし、いつまた工事が中止になるかもしれない。Tさんは、つねに警戒していた。

「いったい、誰を一番、許せないと思っているんですか？」

　僕は、Tさんの目を見ながら、ゆっくりと聞いた。

　Tさんは、しばらく考え込み、ゆっくりと言った。

「そりゃ、国だよ。国がこんな計画言い出さなかったら、俺達の人生だって、こんなことになんなかったんだから」

●

　Tさんは、ことあるごとに、国側の人間と一緒に、堤防の必要性を語り続けている。

　堤防の目的は、農地の拡大から、いつのまにか、水害対策に変わった。

「堤防は必要だと思ってるんですか？」僕は、あえて聞いた。

「あと2年で堤防は完成するんだよ。完成したらさ、もう工事する必要はないんだから、タイラギ貝が戻ってくるんだよ。間違いなく戻ってくるんだよ」

Tさんは、自分に言い聞かせるように、繰り返した。堤防が必要かどうかは、最後まで言わなかった。ただ、戻ってくると繰り返した。その時だけは、精力的な社長の顔でも、ベテランの漁師の顔でもなかった。ただ、凡庸な40代の中年男性の顔だった。例えばそれは、宝くじ売り場に並ぶ小市民や、神社で一心におみくじを読んでいる参拝者の顔に近かった。

諫早湾で会ったもう一人、Mさんもかつてタイラギ貝の漁師だった。Mさんは、工事現場ではなく、海で働くことを選んだ。あさりの養殖を始めた次の年、あさりは原因不明のまま全滅した。

今は堤防の近くで、細々と投網漁を続けていた。生活できる収入ではなさそうだった。堤防は今すぐなくすべきだとMさんは言った。MさんとTさんは幼なじみで、今でも友人だと言う。二人は同じスナックにも行く。酔うと何を話すのだろう。

●

京都に行く日程を調整している間に、意外な電話が編集者のKさんからかかって来た。

「鴻上さん、あの、じつは、木崎さんがみつかったって、恩田さんが言うんですよ」

一瞬、なんと答えていいのか分からなかった。驚きと喜びの声を上げようとして、Kさんの声が弾んでないことに気づいた。

「それが、人違いだったって言うんです」

「人違い？」

「恩田さんの親友に、木崎さんの実家の番号を聞いたでしょう。その親友が、今の木崎さんを知っている人を見つけてくれたんですよ。簡単に見つかったそうです。で、写真は自分じゃないって言ってるそうです」

「自分じゃないって……」

「どうしましょう？」

「どうって、彼女に会うことはできますか？」

そして、僕達は木崎さんに会った。

このことにページを割くのは本筋から離れるのでやめる。

確かに木崎さんは、ヘルメットをかぶった女性とは雰囲気が違っていた。36年前の写真とはいえ、同じ骨格かどうかは分かる。別人だった。もちろん、木崎さん本人も否定した。

遅れて、待ち合わせの喫茶店にやってきた恩田さんも、木崎さんを見て、別人だと納得した。ヘルメットの彼女を、恩田さんは、木崎さんという名前だと思い込んでいたのだ。

木崎さんは、ヘルメットの彼女を見たことはあったが、名前までは知らないと告げた。

そして、あの人なら知っているんじゃないかという人を紹介してくれた。その人のさらに紹介で、今度こそ、本当に彼女のことを知っている人とコンタクトが取れた。

やっと、僕は、ヘルメットの彼女の本当の名前を知った。

彼女の名前を教えてくれた人と、僕は一度も直接会えなかった。

その人は、完全匿名を条件にした。一切の人物描写もしてはいけないと言われた。

その人物は、かつて、深くM派に関わっていたようだった。それも、非合法活動だ。今はもう、組織を抜けた。そんな人物が、ヘルメットをかぶった彼女について話すということに、きわめておびえているのだ。

この文章の木崎さんも恩田さんも仮名だが、恩田さんの職業は事実を書いている。そこから、自分までたどることが可能ではないかと、その人物は危惧していた。

M派の情報収集能力と情報戦争の力量をあなどってはいけないということなのだろう。

もともと、演劇の作家が、写真の彼女について知りたいと言っている、という紹介だったらしい。

僕の名前をぼんやりと知っていて、それならと、紹介者を通じて僕にメールをくれた。

そこには、彼女の名前と学部、簡単な紹介が書かれていた。

名前をAとしよう。今はこれ以上、どんな手がかりになることも書けない。

「名前はA。72年の早大生殺害事件で指名手配。当時の全学連委員長の恋人。聡明な人でした」

●

僕は前の章で、殺された彼のことを書いた。ここでもう一度、同じことを書くとは思わなかった。

僕はすぐに、Aの名前をインターネットでサーチしてみた。

たった1件、有名サイトの掲示板に、「A、自殺しねえかなあ」とだけ書かれたものがあった。2003年に書かれた文章で、共産主義について語る掲示板の中だった。けれど、その文章に、誰も反応していなかった。ただ、その一文だけが、ぽつんとあった。

僕は、生まれて初めてその有名な掲示板に書き込んだ。

「Aさんについて知っていることを教えてください」

二日して、ワイセツな書き込みが1件あっただけだった。

その有名サイトは、書き込みがないと、どんどん掲示板の後ろに回される。

二日待って、なんの反応もないので、自分で少し書き込んだ。そこまでだった。数日して、掲示板から外され、過去ログと呼ばれる倉庫に押し込まれていた。書き込みが少ないと、自動的にこうなるのだ。

数日して、彼女のことを教えてくれた人物からメールが来た。

「『すばる』読みました。脚本か小説の題材かと思っていたのでショックです。これは、彼女を特定していく話ですね。やがて、彼女のことが分かるにしても、決して、私に関する情報を書かないでください。絶対に、私に関する手がかりを示さないこと。なお、このメールは、読んだ後、必ず消去してください。

追伸　最近、あとをつけられてないですか？　ご注意ください」

……追伸を読んで、体がびくんとした。体の奥から、嫌な感じがわき上がってきた。あのハガキを書いた人物は、彼女Aと、どういう関係なんだろうか。

編集者のKさんが、早大生殺害事件を報じた当時の新聞を集めた。

指名手配の中に、彼女の名前を見つけられなかった。

彼女の恋人という全学連委員長は、殺害の責任をとって、委員長を辞任していた。

記事を深く読むと、「見張りをつとめた女性幹部」という一文があった。彼女だろうか？

●

編集者のKさんから、早稲田で教えているんだから、大学の先生に彼女のことを知らないか聞いてみないかと提案された。

一番の知り合いの先生にメールを送った。Aという名前、M派のヘルメットをかぶっていたこと、早大生殺害事件に関わっているらしいこと。

すぐに返事がきた。

「友人で文芸評論家の多岐祐介《たきゆうすけ》が知っているそうです。それにしても、日曜の朝からなんというメールでしょう。まるで悪夢を見ているようです」

感謝のメールに、「悪夢というニュアンスが、僕にはきっと実感できないのでしょう」と書き加えた。

多岐さんと、早稲田の喫茶店で待ち合わせた。Kさんも同席した。

多岐さんはラフな髪形に革のジャケット。エネルギッシュな印象だった。

「いやあ、F教授から電話もらってさ、『そんなに、俺、知り合い多くないからさ。知らないと思うぞ』って言ってたんだけどさ、Aって名前聞いた途端、『知ってるよ、Aだけは知ってるよ！』って叫んじゃってよ」多岐さんは、笑った。

僕はプリントアウトした彼女の写真をテーブルの上に置いた。

多岐さんの顔がふわっとほころんだ。とても愛しいものを見つめる微笑みのようだった。

「Aです。もう少し、頬がほっそりしてるんですけど」

僕は笑っている写真を出したのだ。もう1枚、真剣な顔をしている方を出した。

「そうです。この印象ですね」多岐さんは、彼女の写真を見つめた。

「どうして、鴻上さんが彼女のことを知りたいんですか？」

写真から顔を上げた多岐さんは、真面目な表情だった。

僕は、今までの流れを話した。いろんな意味で彼女に会いたい。団塊の世代が話さないことを、僕は彼女から直接聞きたい。

「でも、一番の理由は、彼女に惚れたんです。魅かれて、会いたいと強烈に思ったんです」

多岐さんが、大きく頷いた。

「僕も知りたい。彼女は聡明な人でしたからね。僕は彼女はどこかで方向転換したと思うんです。いや、方向転換していて欲しいと思う。今、何をしているのか、本当に知りたいです」

「彼女は有名だったんですか？」

「有名ですよ。M派の間違いないナンバー1のマドンナでした。彼女の名前を知らなくても、みんな顔を知ってましたよ」

僕は、恩田さんのことを思い出した。

「フランス語の教授もね、授業なんかにでてないと思うんだけど、Aの名前をよく言ってましたね。存在感があったんですね」

ヘルメットの彼女の輪郭が少しずつ現れてくる。

「彼女は、ゲバルトには手を染めてないと思うんです。指名手配も、殺人とかリンチじゃなかったと記憶してます。もっと軽微な罪でした」

「彼女は指名手配されたんですか？」

「ええ。だけど、あの当時は、とにかく、誰でも主だった奴は指名手配しようって警察は思ってましたからね。彼女の場合も、とにかく、指名手配するための指名手配でした。軽微な罪でしたね。ゲバルト関係じゃなかった。いや、これは印象なんですけどね、彼女はゲバルトには批判的だったんじゃないかと思うんですよ。彼女は殺人、放火なんかに手を染めたことが最も少ないと思われる人物でしたよ」

多岐さんはずいぶん、Aをかばう。

「そうですよ。だって、魅力的だったんですよ。小柄でね。細面でほっそりしてて。声も小さかったですよ。みんな、バリケードの中で生活してましたからね、服なんかもなかなか洗濯できないんだけど、彼女はなんだかこざっぱりした印象があるんですね」

初めて彼女を知ったきっかけを聞いた。

「彼女はたぶん、僕と同じ昭和24年生まれです。彼女は現役入学、僕は浪人しました。同じ語学クラスの1年先輩になるわけです。2年生が1年生のクラスにやって来て、クラス討論を提案するんです。それが、彼女を初めて見た時ですね」

昭和24年生まれだとすれば、映像に映ったあの時、彼女は19歳ということになる。19歳。19歳でヘルメットをかぶって、新入生を勧誘している彼女——。

そして、多岐さんはこの時、新入生側だ。映像に映っていた勧誘される新入生と同じ立場だったのだ。

「彼女を見た時どう思いました？」

「かわいいなあと思いましたよ」

多岐さんはまた微笑んだ。

このシステムを僕は知らなかった。2年生だった彼女は、2年後に全学連委員長になる男性と1年のクラスにやってきて、クラス討論を提案したという。例えば、2Aの生徒は、1Aにやってくるという伝統（？）があったのだ。ちなみにクラスのアルファベットは、第二外国語で区別される。彼女はフランス語だった。

そして、クラス討論の議決が、そのまま、自治会の議決へとつながる。なので、自治会はクラス討論を重視するのだ。

僕が早稲田に入った頃には、こんなシステムはもうなかった。クラス討論とクラス決議は形だけで、自治会が勝手に方針を決めていた（ように感じた）。もちろん、1年上の先輩がクラスにやってくることもなかった。

●

「学生運動に参加するには、いくつかの流れがあるんですよ」

多岐さんが説明を始めた。

一つ目は、地方から来て下宿生活を始めた素朴な学生。東京に影響を受け、先輩に影響を受け、運動に影響を受けるタイプ。素朴だから、真面目に受け止めて、運動に参加するようになる。

二つ目は、なんとなく流されて参加するタイプ。無思考というかふわ〜としているというか、押し切られて参加するタイプ。

三つ目は、親の影響。親が共産党だとか戦闘的な組合員だとか。子供の頃から、社会的な視点を身につけていて、参加するタイプ。

四つ目は、優秀なタイプ。この時代に、一体何をすべきか、どんな道を選ぶべきか、真剣に考えて、聡明な結論と共に参加するタイプ。

「彼女はまさに、この4番目だったんですよ。たぶん、どこかの有名高校出身ですね。彼女は彼女なりに社会情勢や社会の矛盾や貧富の差の問題で参加したはずです」

本当に彼女がゲバルトと無関係なら、どんなに嬉しいか。それは、彼女の人格の問題だけではなく、彼女の生存の問題でもあるのだ。

「本当に早稲田のM派は優秀だったんですよ。その中でも彼女は飛び抜けて優秀でしたね。でも、それはね、M派をひいきしているんじゃなくて、法政大のH派も優秀だったんです。つまり、早稲田のM派、法政大のH派ってのは、総本山ですからね。総本山には、優秀な人物が集まるんですよ」

確かに僕は、彼女がきれいだったからという理由だけで会いたいと思ったのではなかった。なんというか、彼女の聡明さに惚れたのだ。一目見て、彼女の賢さを感じ、その利発さ、聡明さに魅かれたのだ。

「そういうのって、鴻上さんが演出家だからじゃないですか？」

多岐さんが意外なことを言った。

「だって、オーディションするでしょう。その時、一目見て、その人の人となりを見抜こうとするでしょう。この人はどんな人物なのか、どんな俳優になるのか、どんな魅力があるのか。そういうことをずっと考えている人だから、彼女の魅力にはまったんじゃないですか？」

人の無意識を指摘してくれる評論家ほど素敵なものはない。指摘されて、そして腑《ふ》に落ちる言葉ほど、もらって嬉しい言葉もない。

確かに、どんなつまんない芝居を見ても、一人、魅力的に輝く俳優を見つけられれば、その芝居を見た意味も価値も出てくる。

舞台の上に何十人という群衆が出てきても、僕は、魅力的な一人を探している。それは無意識に身についた職業病だ。だから、僕は他の職業の人以上に、魅力的な顔、魅力的な微笑み、魅力的な知性に魅かれるのだ。

やっと分かった。深夜、テレビに映った彼女の顔に強烈に魅かれ、彼女への旅を始めた理由がやっと分かった。

これが料理人なら、36年前に一度食べた幻の味を求めて旅を始めるのだろう。ミュージシャンなら、69年に聞いた音楽の一節を求めて彷徨《さまよ》うのだろう。

僕は演出家だから、19歳の女性の笑顔が忘れられず、旅を始めたのだ。

●

もうひとつ、僕が魅かれる理由があることを、自分で知っている。

それは、僕が劇団を20年も続けてきたということだ。

劇団は、人間関係の混沌《カオス》渦巻く場だ。喜びと絶望、人間讃歌と人間嫌いが交互にやってくる。政治と人情と経済の軋轢《あつれき》もある。つまりは、きわめてセクト的な場所なのだ。

セクトと劇団がダメになる理由は、同じだと思う。

劇団がつぶれない要因は三つある。

前回の公演より観客数が増えているか、好意的な劇評が出るか、黒字になるか、である。

そのうち、一つでも当てはまれば、劇団はつぶれない。

つまりは、セクトに入る人間が増え続けるか、好意的な評価が出るか、財政が黒字になるか、である。

逆に言えば、観客が減って、いい劇評が出なくて、赤字になったら、劇団はつぶれる。デモの動員が減り、時代から無視され、カンパが集まらなくなったら、セクトはつぶれる。もちろん、意地でもつぶさない。つぶさないから、劇団もセクトも、じわじわと腐っていく。

どんな劇団もセクトも永遠に観客を増やし続け、好意的な評価を受け続け、経済的に潤い続けることなど不可能だ、と思う。

まして、一度、時代の風を全身に受けた場合は、右肩上がりの持続は余計、不可能になるだろう。一世を風靡したモノは、どんなものも落下を始める。

セクトがどんなにマルクス主義の難しい単語を使おうが、劇団がどんなにスタニスラフスキーの小難しい理論を使おうが、結局は、政治も演劇も、観客の存在が前提となる。

観客を納得させ、感動させ、説得しなければ、どんな運動も続かない。

そして、続かなくなった時、人はやめるタイミングを見失う。勝ち戦はいつでもやめられる。けれど、負け戦をやめることは、本当に難しい。

●

だからこそ、僕はセクトがどうなるのか、劇団がどうなるのか、メンバーがどうするのかに興味がある。凝縮した空間では、人間の本質が現れる。劇団なんかに入らなければ、セクトなんかに入らなければ、人間性の本質と出会うことなんかなかったのに、と思うことがある。

けれど、たぶん、人はどこかで、凝縮した人間関係と出会うのだ。それは、結婚かもしれない。夫婦関係や嫁・姑関係や、子供との関係かもしれない。親子や兄弟関係かもしれない。最後の最後、老人ホームでの確執かもしれない。

人間関係の坩堝《るつぼ》のセクトにいながら、あんなに素敵に微笑んでいた彼女に、だからこそ、魅かれたのだ。

●

「何年かして、後輩がAさんを見て言ってましたよ。彼女はヘルメットを少しアミダにして、タバコを吸ってたんですけど、それがとってもカッコいいって。だけど、僕なんか、同年配ですからね、ずっと、かわいいと思ってましたよ」

ヘルメットをアミダにして、タバコを吸う彼女。

早稲田の喫茶店の会話は、まだ終わらない。

9

「学生時代は、早稲田の近くに住んでましたからね、夜、文学部の正門の前に、麻袋が転がってたりするんですよ。その袋が、ゴソゴソ、動いてるんですね。中には、リンチを受けた学生が入れられてるんです。リンチは、椅子に座らせて、ヒザをハンマーで割るんですね。だから、歩けなくなる。そのまま、麻袋、ドンゴロスって呼んでましたけど、その中に入れて、正門に捨てるんです。何回も、動くドンゴロスを目撃しましたよ」

早稲田の喫茶店で、多岐祐介さんの話は続いていた。

「ヒザを割るんですか！」隣で、編集者のKさんが、嫌悪と悲鳴の混じった声を上げた。

60年代、早稲田で積極的に学生運動に参加した宮崎《みやざき》学《まなぶ》氏の著書『突破者《とっぱもの》』にも、セクト間の内ゲバ＝リンチの記述がある。

外人部隊として、早大生なのに東大闘争に参加した時、「両派がそれぞれ占拠してバリケード封鎖した建物内で深夜、拉致してきた捕虜の男女をリンチし、その悲鳴を相手側に拡声器で流すという行為まであった。理念型闘争の裏で、後に七〇年代に展開される中核・青解対革マルの泥沼の内ゲバがすでに胚胎《はいたい》していたのである」とある。

深夜、東大のキャンパスに響く悲鳴を想像する。愛と反戦と希望の革命であったはずの戦いが生み出している悲鳴を想像する。

同志の悲鳴を聞いて、何をされているのか、身悶《もだ》えしながら想像している人たちを想像する。想像したくないのに想像してしまう人たちの想像力を想像する。

どうしてこんなリンチを思いついたのかを、想像する。

人間の想像力の限界を想像する。

●

98年にイギリスにいた時、英語学校で、ポーランドから来たアンドリューという青年と知り合った。

休憩時間に、彼の友人で、ボスニア紛争にボランティアとして参加した医者の話を聞いた。

門の前に吊るされた死体があった。その死体は、目をえぐられていた。集団リンチにあって、目をえぐられ、殺されて晒《さら》された死体だった。友人の医者は、検死のために解剖を始めた。やがて、死体の胃袋の中に、本人の目玉を発見したという。

最初、友人は、その意味が分からなかった。が、冷静になってその意味が分かった時、友人は悲鳴を上げた。

目をえぐり取った人間は、目を失った相手に対して、自分の目を食べろと強制したのだ。そして、食べたのを確認した後、殺したのだ。

ボスニア紛争は国家の解体と民族対立の戦いだった。隣人ゆえの近親憎悪が、そこまでの行動を要求したのだろうか。

けれど、そうすることで、目玉を食わせた人間は、何を得たのだろうか。精神的な満足なのか、憎しみの充足なのか、完璧な復讐なのか。いったい、どうしてそんな行為を想像できたのか？　そこまでの行為を想像させる動機とはいったいなんなのか？

●

「明治大にいた赤軍派の重信房子《しげのぶふさこ》は、オルグの天才って言われてたんですよ。集会の時にね、男達は、正面でアジ演説やってるんだけど、彼女は集会の周りをくるくる回るわけです。回って、集会を遠巻きに見ている学生で、これはっていうのに、優しく語りかけるわけです。それで、みんな、コロッと勧誘されるんです。Aも、同じだったと思いますよ。華奢《きゃしゃ》で小柄でかわいかったですからね」

多岐さんは、また微笑んだ。

「キャンパスで会ってもね、『集会どうする？』とか『クラスからは何人来そう？』なんて優しく聞かれるわけです。単純な学生なら、すぐに深みに入ったでしょうね」

あの微笑みで語りかけられたら、僕は拒否する自信がない。が、彼女目当てで、ホイホイと勧誘されても、彼女に恋人がいたとしたら、それも、全学連委員長というスーパーな肩書の恋人がいたとしたら、一気に気持ちは萎むだろう。

僕は多岐さんに、彼女の恋人は全学連委員長だったという噂の真偽を確かめた。

「ええ、そうですよ。真面目な男だったなあ。僕は知り合いでね、彼は、何回か、僕の下宿に来ました。来ると、『なんか食うもんない？』っていつも言ってましたね。集会の後、Aと二人でそっと消えた、なんて噂も聞きましたよ」

「委員長になってつきあいだしたんですか？」

下世話な質問だ。マドンナが、自分の資質に気づいて、その組織の中で最上の男と関係を持った、ということなのか、それが聞きたかった。

だが、多岐さんは、そうではないという。

「ずっと恋人同士だったと思いますよ。彼が委員長になる前からです。二人は僕の1年上の学年ですけど、僕が知った時には、もうつきあってました。彼は機動隊の催涙弾で目をやられて、色付きの眼鏡をかけてましたね」

「どうして、彼は多岐さんの下宿に来たんですか？　勧誘ですか？」

「いや、僕はノンセクトだけじゃなくてどのセクトともつきあってましたから、セクトからは、〝食えない奴〟って思われてましたよ。彼が僕の下宿に来たのは、一般学生がどう思っているか、モニターしたかったんじゃないですかね。自分のセクト以外で話せる相手が、僕しかいなかったんじゃないかなあ……」

僕は質問しながら、だんだん、多岐さん自身に興味が湧いてきた。

「あの、多岐さんは、その当時、どういう立場だったんですか？」

「僕は、政治ではなく、文学を指向してたんです。文学の徒になりたかったんです。どのセクトが正しいではなくて、目撃者になりたくてね。だから、あの当時、アジビラを全部、ファイルしたりしました。この盛り上がりはやがて終わる。だから、この歴史をちゃんと残しておこうって思ってたんです」

「目撃者……」

「あの当時は、安保と沖縄とベトナムが戦いのテーマだったですね。でも、これだけだと、一般学生は燃えないんですよ。早稲田は、これに、学費値上げと学生会館の管理運営問題がからむと、一気に燃え上がるんです」

安保と沖縄とベトナムと言っても、若い読者には、なんのことだか分からないだろう。

「じゃあ、ずっと参加を戒《いまし》めていたんですか？」

多岐さんの顔がふっと変わった。

「忘れられない思い出があるんですよ。70年の6月15日。大学にいたんですけどね、そわそわして、手につかないわけです。なんかしなくちゃいけない。何ができるんだって。友達に呼びかけて、デモ行こうって。『学生べ平連』という名前でね、明治公園から日比谷公園まで」

「あの、基本的な質問で申し訳ないんですけど、6月15日というのは、どういう日なんですか？」隣で、編集者のKさんが聞いた。

「10年前の1960年、日米安全保障条約の改定に反対して、国会周辺で大規模なデモが起こったんです。6月15日、東大生の樺美智子《かんばみちこ》さんが、デモの中で死亡したんです」

説明したのは、僕だった。

デモをした側は、機動隊に虐殺されたと発表した。もちろん、警察側は事故だと言った。

安保条約があるから、日本はアメリカに守られている。守られているから、沖縄には基地がある。基地からは、ベトナムを爆撃する飛行機が出発する。

安保条約は、60年から10年ごとに延長を検討される。何もなければ、自動延長となる。70年は、安保を戦い、沖縄の基地と復帰問題を戦い、ベトナム戦争に抗議する年だった。

ベトナムをイラクに置き換えると話は分かりやすい。

アメリカはイラクに爆弾を落とすことで世界が平和になると信じ、それを支援する日本は基地を提供し、沖縄では米軍のヘリコプターが沖縄国際大学に落ち、けれど実況見分は米軍だけで日本警察は関与できず、安保条約は自動延長を続けている。60年、70年の6月15日と現在の違いは、大規模なデモがあるかないか、だけだ。

●

「でもね、今でも覚えてますよ。72年です。文学部のスロープから、穴八幡神社の桜がとてもきれいに見えたんですよ。どうしてなんだろうと思っていたら、タテ看《かん》（板）が激減していたんです。71年までは、タテ看はスロープに交差する形で、通路をふさぐように何枚も置かれていたんです。だから、視界もふさがれて、みんな、何枚ものタテ看の間をジグザグしながら歩いてたんです。それが、タテ看が減って、スロープの脇にスロープと平行に置くようになったんです。だから、視界をふさぐタテ看がなくなって、いきなり穴八幡の桜が見えたんです。時代が変わったんですよ。それを、僕は穴八幡の桜で知ったんです」

Aさんは、どうしたのだろう？

「だんだん、会わなくなってきましたね。そして、早大生殺害事件で、彼女の姿を見なくなりました」

スロープから桜が見えるようになって、Aさんの姿が消えた。

●

あの当時、どれぐらいの人が政治に関心を持ち、セクトに興味があったのだろう。

「いや、セクトそのものは、どこであれ、ノンセクトの方が、みんな心情的には好きだったと思いますよ。若さゆえにコミュニズムよりアナーキズムに魅力を感じるのは、当然だと思いますから。政治はね……」

「モノの本で、政治人間3分の1、ノンポリで勉学派3分の1、ノンポリ娯楽派3分の1って書いてあったんですけど」

「それぐらいですかねえ。どうかなあ……人によって認識は違うでしょうねえ……」

「この前会った知り合いは、政治人間は1割しかいなかったって言ってました」

「1年違うと、そうなりますよ」

「多岐さんは、だんだんとタテ看が減ってきたことをどう思ったんですか？」

「私は……」多岐さんは、視線をふとテーブルに落とした。

そのまま、一口、コップの水を飲んだ。

「私は……、鴻上さん、私はね、72年の桜を見た時から、89年の天安門まで時間の感覚がないんです。天安門で、やっと、私の時間は動き始めたんです」

「それは、どういうことですか？」

「うまく説明できないんですけどね」

多岐さんは、少しはにかんだように言葉を濁した。

「目撃者だったはずなのに、72年以降の現状に衝撃を受けたんです。大学は企業の予備校なんかじゃないんです。幸せになりたいと思ってはいましたが、人より、よけいに幸せになるのはよそうと思っていました。それが、なんというか、生きていく中でとても大切なことだと感じていました。私は、『省みれば、ふがいないことばかり』という思いを仕事の根底に置かないといけないって思ってるんですよ」

多岐さんの声に熱がこもってきた。

「大多数の団塊の世代は腐ったんだと思うんだ。この前も、飲み屋の片隅で酔っぱらいジジイが、あの当時のことを語り合ってるんだよ。それが、傷をなめ合ってるっていうのか、お互いの過去を認め合ってるんだ。ヘドが出るよ。でもね、河川敷にテント建てて、不登校児を集めてる人もいるんだ。まだ、闘っている人がいるんだ」

「…………」

多岐さんの体から、エネルギーが湧き上がってくるのを感じた。会社勤めを辞め、文芸評論家となり、大学の講師でもある多岐さんの、若いころの熱さの一部に触れた気がした。

「彼女に会っても、彼女はしゃべらないかもしれないよ。闘争の中心に身を置いた人間はしゃべらないんだ。当事者はね」

多岐祐介さんへの長いインタビューは終わった。

「彼女のこと、分かったらぜひ知らせて下さい。僕は本当に知りたいんだ。彼女はどこかで路線変更して、賢く生きていると思う。いや、そうあって欲しい」

そう言って、多岐さんは革のジャケットを羽織り、テーブルを立った。

枯れてない背中が喫茶店のドアから出て行く。その姿を見ながら、Aさんに、もう少しでたどり着けるんじゃないかと、初めて思えた。それぐらい、Aさんの存在をリアルに実感できた時間だった。

●

僕はKさんと別れて、早稲田を歩いた。穴八幡の階段を上がりながら、体は妙に火照《ほて》っていた。

「幸せになりたいと思ってはいましたが、人より、よけいに幸せになるのはよそうと思っていました」多岐さんの言葉が頭の中で響いていた。

穴八幡の境内の土は、昨日の雨が残って湿り気を帯びていた。桜の枝も、濡れているように見えた。

参拝者は誰もいなかった。

夕暮れに立ち、桜木の向こうの薄暗がりを見つめた。境内のたそがれから時間を越えて走り込んで来るヘルメットの一群を待っている自分に気づいた。薄暗がりに白いヘルメットは光り、荒い呼吸のまま、僕の前を駆け抜ける。大学の風景は変わっても、穴八幡の境内は変わってないのだから、境内が過去へのトンネルになってもおかしくはないのだ。

●

僕は幼い頃、「安保反対」とデモで叫んだ記憶がある。60年の時だとすれば、僕は2歳ということになる。いくらなんでも、その時の記憶があるとは思えない。

ただ、自分が小さかったことは鮮烈に覚えている。意味も分からず「安保反対」と大声で叫び、周りの大人達が楽しそうに反応した声が耳の奥に残っている。60年代のどこかのデモだったのかもしれない。

最初のデモは、0歳の時で、デモの先頭だったという。

小学校の教師である僕の両親が、自宅から電車で2時間、さらにバスで1時間、さらに徒歩で1時間という四国山脈の奥地に転勤を命じられ、それに反対するデモだった。

「こんな幼い子供がいるのに、この転勤はひどすぎる」という抗議のデモだった。

こんな命令が出たのは、両親とも、日教組の組合員だったからだ。

僕の出身の愛媛県は、当時、日教組の組織率が90%に近かった。文部省は、そして、文部省の意向を受けた教育委員会と人事院は、〝報復人事〟と〝報復給与〟の効果的な使用で、日教組を切り崩そうとした。

「組合員は遠隔地に飛ばされるし、給料は上がらないし、教頭にも校長にもなれないぞ」攻撃である。

愛媛県では、見事に攻撃は成功し、日教組の組織率は数年で10％以下になった。僕の初参加のデモの結果も、公務執行妨害の逮捕者が一人でただけで、予定通り、両親は山奥へ飛ばされ、僕は祖父母の家に預けられた。

だんだんと成長するにつれ、ここらへんの事情を僕は知ることになった。デモの時、公務執行妨害で逮捕され、結局、不起訴になった人にも会った。

中学時代、僕は、強烈な違和感を持つようになった。

それは、「組織率が90％近かった」という事実と、そして、「数年で10％以下に減った」という事実、両方に対してだった。

それは、どう考えても、「思想の問題」ではない。それは、「生活の問題」としか考えられない。

「60％の組織率が、切り崩しにあって、30％になった」というのなら、それは、主義と主義がぶつかった「思想の問題」である。けれど、「90％近くが10％以下」というのは、「生きていくために、主流から主流へ移った」という「生活の問題」を示しただけだと思ったのだ。

そもそも、「90％近くの組織率」を恥ずかしいと10代の僕は思うようになった。その数字が、そもそも異常なのだ。異常だからこそ、簡単に数年で、「10％以下」になれるのだ。

人は、思想ではなく生活のために、主流から主流へと移る。それだけのことだ。

それは、僕の人間認識の基本になった。

僕の親は、報復人事と報復給与の結果、自宅からはるかに遠く離れた小学校で、給与の査定が低いまま、平教諭として働き続けて、無事、定年を迎えた。

10代の僕はショックを受けたが、教育委員会も人事院も、〝報復人事〟や〝報復給与〟などは存在しないと言った。ただ、偶然の結果、父親は自宅から何時間も離れた小学校に30年以上も勤務することになったらしい（母親は女性だからか、20年で〝お許し〟がでて、自宅のある市内の小学校になった）。

報復は存在するけれど、存在しない。

これが、僕の世界認識の基本になった。

●

69年当時の新聞記事を見ていると、大学で問題が起こるたびに、学生担当の教務主任として名前が出る大学教授がいた。

多岐さんを紹介してくれたF教授に、その人に話をうかがうことはできないだろうかと尋ねた。その人は出てこないだろうが、代わりに紹介できる人がいると返事が来た。

多岐さんに会った数日後、F教授の研究室で、僕とKさんはF教授から、E元教授を紹介された。穏やかな顔をした誠実そうな人だった。

E元教授は、69年当時、教務主任ではなかったけれど、先輩の教授から頼まれて、一緒に学生達に対応したと話された。

さっそく、Aさんの写真を取り出し、E元教授に見せた。

「ああ、記憶にありますね。この顔は覚えています。けれど、直接、何を話したということはないですね。申し訳ないですけれど」

E元教授は、すまなそうに言った。

「そうですか……」その言葉で、僕とKさんは、落胆した。

けれど、知りたいことはたくさんある。

「あの当時、教授達は敵だと思われてたでしょう？　でも、先生達から見たら、どうなんです？　どんな気持ちだったんですか？」

「何度もつるし上げられましたからねえ」

E元教授の穏やかな声が、冬の研究室に響いた。

「ここにあの当時の日記の抜粋をコピーして持ってきました。参考になればいいんですが。あの当時、僕がどういう気持ちで、学生達と交渉していたのか、分かると思います」

そう言って、E元教授は、数枚の紙を僕に示した。

『1968年　1月18日
米軍の原子力空母の佐世保入港をめぐって、毎日、学生と警官との激しい衝突が続いている。機動隊の実力行使は一般市民をさえも見境いなしに規制の対象にしていると報じている。
暴力的な学生に対して、大学当局は管理を充分行えと政府は発言する。そして、羽田事件に参加した多くの学生に対し、日本育英会は奨学金を停止するという。——そして、佐藤首相は昨秋の訪米で、米国のヴェトナム戦争支持を表明し、下田駐米大使は日本国民の多くがヴェトナムでの米国の政策に賛成していると述べたという。』

『1969年　6月6日
昨日の学生大会で、学生は大学立法化反対のための無期限ストライキを小差で決議した。そのため、今週もまた、授業のない日々が続くことになる。——政府、権力者の反動化が非常にはっきりと現れてきている現在では、学生の決議を支持したいが、そのために彼らが教室の雰囲気から遠ざかることになるのは気の毒だと思う。大学の教員に、なんら、たたかいの主体性がないために、学生たちに多くの犠牲を強いることになっているのがいたましい。
だが、この鬱陶しい大学の空気のなかで、私はときどき疲れをおぼえる。』

『1969年　9月6日
昨日、大学は警察権力といっしょになって、学生をペテンにかけた。日比谷で全共闘の結成大会が開かれ、その後、反帝学評系の学生が早稲田を拠点校にする（というよりは宿舎にする）ために、地下鉄早稲田駅から路上に上がった。そこに穽《おとしあな》があることを知っていただろうか。彼らはただちに路上で機動隊の規制を受け、大隈講堂前まで到達した。ヘルメットだけの学生たちが正門を入り、学内デモに移ったとき、ふいに機動隊は学生に襲いかかった。彼らのいなかった時間に、大学の本部構内は「学外者の立入禁止」の措置がとられていたのだった。

文学部の××、××両学部長は終始このような強硬措置には反対したと語った。そして、私もそれを支持してきた。文学部では、ついに「立入禁止」の札を出さなかった。』

『1969年　10月19日
大学は15日午後9時以降の夜間立入禁止に続いて、16日朝以来、23日朝までの全学生の構内立入禁止を措置した。』

『1969年　10月22日
小雨の降る暗闇。大学の門はかたく閉ざされている。門の手前、右手の警手の詰所の前に張られた天幕。立ち番を交替した機動隊員4名。顔はまだどこかあどけなささえ残している。なかの2人が湿ったベンチの上で小さな携帯用の将棋盤をひろげる。同じ天幕のなかに3、4人の教員。門の外には4人の機動隊員が銀いろの鈍い光を反射する楯をもって警備にあたっている。薄暗がりのなかを馬場下の交差点のほうから30〜40名ばかりの学生が雨に濡れて、正門前にさしかかる。彼らは車道を隔てて向こう側の歩道を、くずれかけた列をなして歩いている。「立入禁止」の自分たちの大学を見ながら。閉ざされた門を見ながら。ジュラルミンの銀いろの楯を見ながら。天幕のなかの教員を見ながら。おのれのみじめさを見ながら。』

『１９６９年　11月17日
自分自身で授業できないでいるこのような状態に、いつまで自分は耐え得るのであろうか。暗い雨の月曜日。昨日は全国で１８００の学生や労働者が逮捕された。
今日、佐藤総理はニクソンと会談のため、羽田を発つ。
土曜日夕刻、×さんと２人で、本部秘書課を訪れ、××総長と××理事とに会い、警察力の配備と学生証検問の措置を撤廃するようにとの要望書を手渡して、話し合った。総長は、今度の措置についてはいかにも自信ありげにさえ見えた。』

『１９７０年　１月22日
昨日、学生のセクト間の争いのために緊張を孕んだ学生大会が開催され、秋以来の大学の授業強行再開にたいする抗議のための１週間ストライキが決められた。×さんや×さんと昨夕話している時、×さんは――「これほどのことがありながら、大学の何一つ変わらないことを考えると情けない」と言われた。この言葉にはもっともな点がある。だが、私にはまた別な考えがある。――いままで、日本の大学の歴史のなかで、これほど鮮やかに大学の内包している問題を学生たちが顕在化したことがあっただろうか。私はそれによって多くを学んだ。自分の内部の数かずの矛盾点を知ることができた。この百年来、日本の大学は自分を権威づけることにもっとも精力的だったのではあるまいか。』

『1970年　1月30日
昨日、×君の就職の件で青山学院を訪ねた。青山の戒厳体制は早稲田よりもさらにきびしく、私たちは指定された東門で、関係者の出迎えを待たなければならなかった。教員といえども、検問所で身分証明書を提示しなければならないという。ここでは無言の学生たちはどのような気持ちで教室に出ているのであろうか。』

『1971年　11月26日
沖縄国会と大学の学費値上げとが動機となって、学生の1週間ストが昨日まで続いた。今日、学生大会を開いて、明日から無期限ストに入るという。』

『1972年　1月27日
学校の方は無期限ストが継続している。
率直にいって、なにをなすべきかが私にはよく分からない。教員会も組合も、いつも技術的なことばかりだ。試験をどうするかとか、レポートをどうするかとか、「学生運動の退廃化に伴って、教職員の身体の安全を保障してもらうために……」とか、枝葉末節のことばかりが議論される。
学生の大半にとっては、授業が行われていようとストが続いていようと、どうでもいいのだといった雰囲気がある。セクトの活動家たちにとっては、党派的な利益が何にもまして優先している。理事会は問題をひろく検討しようとする姿勢ははじめから持ち合わせてはおらず、かたちばかりを取り繕いながら、既定方針を押しつけ、実現しようとしている。そして、教員会は嵐に翻弄される小舟のように揺れながら、嵐の恐ろしさも感じずに、この混乱の原因が超越的な運命の側にでもあるかのように、一切の努力を抛棄《ほうき》している。私は何をすればいいのか。

一つだけ確かなことがある。

それは、学生のアパシー（政治的無関心）の大きな原因が、じつはセクトの争いにあるかのように言い、その学生たちの官僚的な独断的体質、専制的体質にあるように言うが、むしろそうではなくて、決定的に、私たち教員の主体性のなさに在るのだ。教師がその専門分野における知識をべつとすれば、いかに非知性的で、真摯な真実探求の態度を欠いた存在であるかということは、すでに2年前のいわゆる「学園闘争」で、はしなくも明らかにされたところである。しかし、そのことに私たちの同僚は狼狽することさえなかった。非常に真面目な××教授は、むしろ、「専門バカ」であることが学問の本質に通じるのだということを、この時期を選んで書いた。

私が大学の雑誌に場を借りて、（中略）異議を述べたのは、自ら、それとは違う自分を検証したいためであった。

公私の別を問わず、あらゆる大学で、教員は窒息しかけているのだ。早稲田大学の教員に対して、学生はいまや何を期待しているのだろうか。ここには在るべき教師の、吹き晒《さら》された残骸があるだけである。はじめから、何もなかったのだ、この残骸を別とすれば。

6年前の学費値上げ反対闘争では、多くの学生がその正当性を認めて、そこに加わった。

それは百数十日の闘いとなり、学生は敗北した。そして、傷は深かった。敗北は外面的なものにとどまらなかったからだ。彼らは大学への信頼を失い、仲間への、相互の信頼を失った。闘いが終わった時、大学は「学生大会の成功を捷《か》ち取った」のである。だが、闘いの終わりに、教師は学生に見離されていた。そのために、同僚の教師のなかには、学生への露骨な敵意を私に打ち明けたものもあった。

2年半前に、大学法をめぐって、反対闘争が生じた。ここでは学生の側にも醜悪な事態がいくつか生じた。彼らの心には政治的アパシーが進行していた。だが、大学や学問や研究などという美しい言葉が想起させるイメージの実体が、これほど鮮やかにされたこともいまだかつてないことであった。

そして、ここでは問題を提起したのが誰であれ、いかなるグループ、いかなる党派であれ、問題の核心は普遍的、本質的なものであった。私自身にとって、ここで提起された問題は今日なお継続しており、私が教師である限り、この問いに自分を晒して、自己吟味を続けるのを止《や》めるわけにはゆかない。

だが、この数カ月も結局は強権的に闘いは潰されていった。彼ら学生の主張にいかに正当性がある場合にせよ、最終的には、その主張は無力であることを、当局は力によって知らせたのである。「きみたちの言うことは尤《もっと》もだが、現実はそう甘くはないのだ」ということを、大学当局は痛いほど知らせてやったというわけである。

それでも、私たちはいま、彼らに社会への改革の意志や方法を伝える立場を保持し続けているのであろうか。

私はいま何をすればいいのであろうか。』

『1972年　2月22日
入試を控えて、今日から文学部もロックアウト。身分証明書を提示して門を入るのは、いつでも不快感を伴う。門の外側には20名ばかりの学生が白いヘルメットをかぶって、抗議のために坐っている。そのなかには、顔見知りの学生もいて、その視線が私には苦しい。
私は屈伏させられているのだろうか。私は特権者なのだろうか。私は抑圧者なのだろうか。それとも……

身分証明書を提示して門を通った。私は大学当局者が定めたルールに不快感を伴いながら服従している。これほど明瞭に大学とは何かを示している状況はない。あるいは大学は、ここでは不在なのである。創造的で、自由な精神の発動の場などではなくて、支配と被支配との関係、抑圧と服従の関係が端的にあらわれている。
私はどちらの側にいるのだろうか。私と、抗議をしている学生との間に連帯の感情はない。私は彼らと一緒に門の外にとどまるべきだったのだろうか。私は彼らを信じていないのかもしれない。だが、彼らが何であれ、外にとどまるべきだったのだろうか。彼らがそこにいなかったら、どうであろうか。おそらく、不快感はもっとすくなかったに違いない。
私が信じるはずの学生たち、白いヘルメットでない学生たちは抗議にきたであろうか。彼らは抗議に来ていない。私が連帯の感情をもてるような学生たちはそこにはいない。彼らは抗議すべきだと考えたり、感じたりしなかったのだろうか。彼らには、今日、大学は必要ではなかったのか。

私にとって、今日、大学は存在しない。ここにあるのは何か。建造物、学校法人の雇用者たち、私の屈辱感、学校業務の支配的な遂行……』

10

F教授の研究室は、少し肌寒かった。

E元教授は、穏やかに微笑んでいた。

「M派の自治会の人間が、抗議文を外国語で書きたいって言ってきましてね。『先生、翻訳してくれませんか？』って言うんですよ。『君達の組織の文章を私が翻訳できるわけないだろう』って答えたんですけどね、哀しそうな顔をするから、『じゃあ、君が翻訳したものを、僕が教員として添削指導することならできるかもしれないね』って答えたんです。そしたら、彼は、自己流で翻訳して持ってきましたね。もちろん、ただ、辞書を調べて単語を羅列しただけの、文章にもなってないものでしたけどね。添削して渡したら、海外の現地で配ったそうですよ。ビラを読んで分かってくれたって、嬉しそうにお土産を持って自宅に報告にきました。分かって当たり前だと、私は言いましたね。私は専門家なんですから」

E元教授は、優しい目でそう言った。

「それは、いつごろのことですか？」

「そんなに昔じゃないですよ。90年代の半ばかな」

「90年代の半ば⁉　70年前後の話じゃないんですか⁉」

僕はおもわず声を上げた。

横でE元教授の話を聞いていたF教授が説明を加えた。

「E先生は、珍しい人なんですよ。70年代からずっと、いろんなセクトもノンセクトも、E先生の研究室を訪ねるんです。なにかにつけて、話をしていくんですよ。そうですよね、先生」

E元教授は、当然のように答えた。

「彼らも、グチを言いたいんじゃないんですか。一度、中庭で演説をしていた学生に、『誰も君達の話を聞いてないだろう』って言ったことがあってね。『そうなんですよねえ』なんてしみじみ言ってましたね。もちろん、私と二人きりの時ですよ。部下がいたりすると、態度が違うんですけどね」

横で、F教授がニコニコと話を聞いている。

「H派の人間が家まで来たこともありましたね。とことん話しましたけどね」

「それはなんのために、来たんですか？」

「私があるアピールに署名したんですけどね。どういうことなんだ、話を聞きたいってH派の男女一名ずつが来たんですよ。どういうつもりだっていうから、こういうつもりだって説明しました。それで帰っていきましたよ」

E元教授は、淡々と説明を続ける。あまりに普通なので、その当時の教授たちはみんな、彼のような態度だったのかと誤解しそうになる。

●

E元教授は、学内の組織で学生担当の立場になったこともあったという。

70年代以降、激しくなる内ゲバに伴って学生との交渉を嫌がる教授達が増えたはずだ。E元教授は、どうして、あえて学生担当になったのだろう。

「それは、もちろん、断れない先輩から頼まれたからなんですけどね。自分としては、早大生殺害事件の時に、大学にいなかったのが大きいんですね。海外の大学で研究していたんですが、一番大変な時期に大学にいなかったってことが、なにか負い目になりましてね。だから、学生担当なんていう大変な仕事を引き受けたんですね」

その負い目は、なんだろう。止められるはずがないけれど、せめて、なにか力になりたかったという思いだろうか。なにも発言できなかった、なんの力にもなれなかったという後悔だろうか。

「あの事件以降ってのは、大変だったんですか？」

「学園外闘争が、学園内闘争になりましたからね。闘争目標とセクトの対立が全部、学内に持ち込まれたんです。高田馬場に対立セクトの人間が集合すると、警察から大学に連絡が来るんですね。『今、早稲田通りを学生が200名、大学に向かっている』って。で、大学はどうするか相談するんです。73年から75年ぐらいは、『ロックアウト』が多くなってきましたね。構内に放送が流れるんです。『危険なトラブルの発生が予測されるので、学生諸君はただちに文学部構内から退出して下さい』って」

「えっ、そのアナウンスが流れると、学生は従うんですか？」

「そうですね。授業は中止になりますからね。学生達も、内ゲバに巻き込まれたくないですから、原則的には、退出しますね」

そんな放送が流れる時代があったことを、僕は、まったく知らなかった。

僕が大学に入学したのは、78年だ。その時には、もう、ロックアウトという現実はなかった。いつのまにか、僕はその言葉を知ったが、それはまるで、歴史上の単語を学習したような気持ちだった。ゼネストやサボタージュと同じように、経験したことのない歴史を表現する単語だった。

●

「E先生は、そういう学生達に対して、どう思われていたんですか？」

E元教授は、依然として穏やかな声で答えた。

「ニュートラルですよ。特別な嫌悪はありません。70年前後、バリケードの中の学生に対して、構内ですれ違うと、『風邪ひくなよ』なんて声をかけることもありました。もちろん、『これはつきあえないな』と思う、心底冷徹な人間もいましたよ。でもだいたいは、論争したり、つるし上げられたりしているうちに、顔なじみになっていくんですね」

顔なじみになるからこそ、さまざまな感情がわくのだろう。

さまざまな感情は溢れ出し、その一部を僕は手記として読むことができた。

最後に、もう一度、Aさんのことに戻った。彼女は今どうしていると思いますか？　と、僕が聞いたことがきっかけだった。

E元教授は、少し哀しい顔になった。

「とても難しい人生を選択したんだと思いますよ。もし、今、日常的な生活を営んでいるとしても、心の中には、決して癒されない挫折感があるんじゃないかと思いますね」

僕は、そのまま、彼女の人生をどう思いますか？　と聞いた。E元教授なら、こんな不可能な質問に答えてくれるのじゃないかと思ったのだ。

E元教授は、哀しい顔のまま、言葉を続けた。

「彼女は、自分だけのために生きてきたんじゃないと思うんです。それは間違いない。ただ、あまりにも他者との関係を作らなかった。組織として、外に開けなかった。閉ざされた組織の中では、うっとおしいまでの濃密な関係があったと思います。主張を持ち、行動に移す集団が、自分達だけで閉じず、さらに外に開いていくためにどうしたらいいか、それが、どんな集団にとっても課題だと思うんです。どんなグループでも、それが欠落していることが多いんです。さらに開かれた連帯の可能性を持つことが必要なんです」

革命運動のためには、組織を開くことなどできないと当事者達は言うのだろうか。誰かれかまわず連帯の手を伸ばせば、警察やスパイや対立党派が忍び込むと警告するのだろうか。

けれど、60年代、組織が開いていたからこそ、彼女はヘルメットをかぶったのだ。なんのバックボーンも知識も歴史もない学生達が組織に飛び込めたのだ。

「でもね、時代のすべてが不幸だったとは言い切れないと、私は思っているんですよ」

E元教授は、元の穏やかな顔になって言った。

「一種の不幸な時代でしたが、全部じゃない。今は『何もなくなった時代』を生きていると、そう思います。国際的に見ても、20歳前後がアパシー（政治的無関心）なのは、珍しいと思いますよ」

僕も思わずうなづく。

「世界的に見ると、今ほど、権力を持った人が好き勝手にそれを行使して、チェックがかからない時代はないと思います。世界の歴史の中で珍しい時代だと、私は思っているんです」

「イラク戦争のことですか」

「そうです」

E元教授との最後の話は、ブッシュ大統領についてだった。

●

研究室を辞した後、駅へと向かうE元教授と一緒になった。大学は、ちょうど受験のシーズンで、構内には一般学生は誰もいなかった。今日の試験は終わり、残っているのは、教授とガードマンだけだった。

F教授は、文学部の正門まで、E元教授を見送りに出た。

退職したE元教授は、僕のインタビューに応えるために、久しぶりに大学に来ていたのだ。

守衛は、僕とE元教授が近づくと、正門の鉄扉を開けた。ロックアウトの時に閉ざされていた鉄扉だ。

一般学生の姿が見えず、鉄扉の側に守衛が立っている風景は、ロックアウトのようだと思えた。違いは、いくら待っても、ヘルメットをかぶった学生達がやって来ないことだけだ。

僕とE元教授は、鉄扉の間を抜けて、早稲田大学の外に出た。見送りに出たF教授にもう一度、礼を述べた。

F教授は、E元教授に深くお辞儀をした。その角度が、E元教授がもうここには来ることはないだろうということを示していた。

●

僕とE元教授は、一緒に地下鉄に乗った。吊り革を握ったE元教授は、突然、話し始めた。

「先週、フランスでは、バカロレアという大学入学資格の変更に対する抗議で、10万人の教師と高校生がデモをしたんです。結果、フランス政府は、変更を中止しました。日本じゃ、考えられないことですよ」

「そんなことがあったんですか」

「アメリカが唱える『自由と民主主義』という言葉は、虚しいでしょう。それに代わるものはどこから来るのか？　と考えるんです。私は、『21世紀は、20世紀の不幸より、もっと暗いのではないか』と思っているんです」

なんと答えていいのか分からないうちに、地下鉄は高田馬場に着いた。僕はもう一度、E元教授に深くお礼を言って、別れた。

高田馬場の駅前は、平日の夕方で、いつものように混雑していた。30年前には、ここに200名のヘルメットの集団がいて、早稲田通りを大学を目指して駆け抜けて行ったのだ。

僕が大学生の時代には、もう、駅前で署名とカンパを求めるヘルメット姿はいなかった。代わりに、統一教会の身分を隠してアンケートを取る信者達がいた。

――「21世紀は、20世紀の不幸より、もっと暗いのではないか」

●

2005年の2月、Aさんに関する手がかりは、それ以上は進展しなかった。

編集者のKさんに頼んで、とりあえず東京都と横浜の電話帳から彼女の名字をすべてコピーしてもらった。

いざとなったら、コピーの片端から電話することも考えた。もちろん、怪しまれるだろうが、その反応でなにかが分かるかもしれない。極端に愛想の悪い家があれば、それが、Aさんの実家の可能性もある。もし、社会復帰していたら、いきなり電話口で会話できるかもしれない。

Aさんが、今、何をしているのかを知っている人には、会えなかった。

2005年の3月になって、僕は俳優をやることになった。

アーノルド・ウェスカーが1957年に書いた『キッチン』という作品を、蜷川幸雄《にながわゆきお》氏が演出する舞台に出ることになったのだ。

稽古は3月1日から始まった。

自分以外の日本人が演出する舞台に出るのは、25年ぶりのことだ。98年にイギリスにいて、そこでイギリス人の演出家の舞台には出た。99年には自分が演出する舞台に出ている。が、自分以外で日本人は、25年ぶりなのだ。

演出家を24年続けて、他の人の方法論を知りたくなったのが動機だ。一番知りたくて、一番時間がない（縁起の悪いことは書きたくないが、蜷川幸雄氏は70歳なのだ）演出家として、蜷川氏の舞台に出させてもらうようにお願いしたのだ。

蜷川氏は、「おう、ちょうど、鴻上にぴったりの役があるぞ。3月稽古で4月本番だ」と快諾してくれた。

『キッチン』は、イギリスの『怒れる若者たち』というムーブメントの中で書かれた戯曲だ。

体制に対して怒れる若者。大人や社会や既成のすべてを拒否する若者。

『キッチン』の舞台はタイトル通り、厨房、つまりキッチンだ。ドラマはすべて、キッチンで起こる。他の場所は出てこない。登場人物は、コックとウェイトレス達。

一日1500人の客が来るレストランで、味は二の次、ただ早く温かい料理を出すことだけが求められている職場だ。

30人が出る群像劇だが、それぞれのキャラクターが明確に書かれている。僕の演じるフランクという大人は、やりがいのない仕事に対する自分の苛立ちを朝からビールで鎮めて、ウェイトレスをからかい、ノンキに生きている。

成宮寛貴《なりみやひろき》さんが演じる主役のペーターという若者は、自分の苛立ちを鎮めることができない。自分の一生をこの『キッチン』という場所で終わらせることに抵抗している。といって、何がしたいのか分からない。他の同僚に、「お前の夢はなんだ？」と詰め寄るが、自分に問い返されると、答えられない。

ちなみに、夢を聞かれた同僚達は、「友達」とか「お金」とか「家」とか、それなりに答える。

ペーターの嫌悪の象徴は、支配人のマランゴだ。彼は、一日の大半をレストランで過ごす。朝の5時半に市場に行き、夜の10時までレストランにいる。

そんな生活に対して、ペーターは言う。

「それが毎日なんだ、朝から晩まで。なんていう人生だ、調理場に明け暮れするなんて！それが人生って言えるだろうか、なあ、おい？」（改訳、小田島雄志）

ペーターは、ウェイトレスのモニックとつきあっている。モニックは、人妻だ。だが、もうすぐ亭主と離婚して、自分との生活を始めるとペーターは思っている。

が、物語のクライマックス近く、モニックは、亭主が家を買おうとしていることをペーターに告げる。彼女は、ペーターを棄てて、亭主との生活を選んだのだ。

苛立つペーターに、調理場の殺人的な忙しさが襲う。そして、ペーターは、ペーターを無視して料理を準備しようとした強引なウェイトレスとのやりとりの中で爆発する——キッチンを壊し、ガス管を包丁で切り、レストランに乱入し、皿をたたき落とした。

両手が血まみれになったペーターに対して、支配人のマランゴは言う。

「おまえはわしの全世界をだいなしにしてくれたな。神の許しを得てやったのか、これは？　どうなんだ？　ほかに——だれひとり——いないぞ——こんなこと——するやつは！」

ここで僕の演じるフランクは、支配人のマランゴに近づき、「ペーターは病気なんだから、お気を静めて」と言う。

それに対して、マランゴは、詰め寄る。

「みんながわしに対してサボタージュするのはどうしたわけだろう、フランク？　わしは仕事を与える、十分給料を払う、そうだろう？　みんな食いたいものを食っている、ちがうかな？　それ以上人間に必要なことってなんだ？　人間は仕事をし、飯を食う、わしは金を払う。それが人生じゃないか。わしはまちがいを犯してはいないだろう？　わしは正しい人生を送っているだろう、この世界で？」

フランクは何も答えられない。マランゴの目も見られず、ただ、床に落ちている割れた皿を見つめるだけだ。

両手から血を流しているペーターに、さらにマランゴは続けた。

「それなのにおまえはこのわしの世界をだいなしにした。ほんの若造のくせに！　だいなしにしたんだぞ！　どうしてだ？　きっとおまえはわしのよくわかってないことを言いたいんだろう――言ってみろ。わしも知りたいんだ。いったいなんなのだ、わしのわかってないことは？」

マランゴは、ここでキッチンの全員に叫んだ。

「いったいどうしてほしいんだ？　これ以上なにがほしい、え？」

マランゴを演じる品川徹《しながわとおる》さんの名演技によって、僕はいつもこのセリフになると、全身に鳥肌がたつのを感じた。

アーノルド・ウェスカーが優れた作家である理由は、マランゴに「きっとおまえはわしのよくわかってないことを言いたいんだろう」と言わせたことだと思う。ここで、マランゴが、「お前はこの社会を憎んでいるんだろう」とか「この社会を変革したいんだろう」とか「今ある自分とありたい自分の距離に苛立っているんだろう」とか言ってしまえば、若者の反抗は容易になる。大人が決めつけてさえくれれば、若者は簡単に反抗できるのだ。

一言、「そんなことじゃねえ！」と叫べば、怒れる若者は、どこまでも生きていける。

だが、75歳の老人の設定のマランゴは、「わしのよくわかってないことを言いたいんだろう」と告げ、「言ってみろ」「わしも知りたい」と反抗する若者に問いかけるのだ。

そう言われても、若者は自分の反抗の動機を明確に言語化することができない。いや、若者だけではなく、大人も言語化できない。渇きや苛立ちは、完全に言語化できないからこそ、渇き、苛立つのだ。

とりあえず、何かの表面的な理由はつけられるけれど、自分の内奥の本当の感覚を明確に伝えることはできない。

稽古では、最後、「これ以上なにかあるか？　なにかほしいものがあるか？」と、品川徹さんが叫ぶたびに、僕は、自分自身に問いかけていた。

「人間は仕事をし、飯を食う、わしは金を払う。それが人生じゃないか」「それ以上人間に必要なことってなんだ？」

成宮さんが演じるペーターは、そうマランゴに詰め寄られて、「うおおおー！」と絶叫した。そして、血まみれの両手を掲げて客席の通路を暗闇に向かって歩いて去って行った。

演出の蜷川さんは、両手を、肘を曲げて体の前に掲げるように演出した。

そして、その姿を、「負けないぞというファイティングポーズにも、捕虜が降伏して無抵抗を表して両手を掲げたようにも見える形」と説明した。

成宮さんの両手は、稽古の中で、だんだんと肘が伸び、目に見えない何かを、暗闇の向こうに求めるような形になっていった。それは、宗教的な祈りの姿のように、僕には感じられた。

●

稽古が佳境に入った4月のある日、携帯電話に編集者のKさんからの留守電が入っていた。

稽古の合間、休憩時間に、僕はその伝言を聞いた。

「『すばる』のKです。Aさんのこと、ひょっとして、公安に詳しいジャーナリストが知らないかと思って調べてもらいました。分かりました。

Aさん、2001年に電波法違反で指名手配されています。M派が、警察無線を傍受したとして、電波法違反の容疑です。Aさん、指名手配された時点で52歳になってます。取り急ぎ、お伝えします」

伝言を聞いて、稽古場の床がぐにゃりと動いた。

Aさんは、69年から2001年までヘルメットをずっとかぶっていた。そして、指名手配を受けた今も、かぶっている。36年間……。彼女は今、55歳。

Aさんに会うということは、指名手配の人物と会うということだ。

頭の中で整理がつかないまま、稽古の出番に呼ばれた。

マランゴ役の品川さんがセリフを言い出した。

「人間は仕事をし、飯を食う、わしは金を払う。それが人生じゃないか。わしはまちがいを犯してはいないだろう？　わしは正しい人生を送っているだろう、この世界で？」

僕はただじっと床に散らばった皿の破片を見つめていた。

11

稽古は、5時過ぎに終わった。『キッチン』の稽古場は、恵比寿と渋谷の間にあった。

急いで稽古着から私服に着替え、稽古場を飛び出した。そのまま路上で携帯を取り出し、編集者のKさんに電話した。

Kさんが、ため息と共に電話に出た。

「留守電、お聞きになりました？」

「ええ、聞きました。本当なんですか？」

思わず、もう一度、聞き返した。

Kさんがもうひとつ大きなため息を返した。

「残念ながら本当です。知り合いのジャーナリストが教えてくれました。情報をくれた公安の刑事は、彼女の生まれ年を昭和24年だって言ってたそうです。よく知っている口調だったと、ジャーナリストは言ってました」

「そうですか……」

その刑事は、彼女のことをいつから追っているのだろう。

「電波法違反ってのは、そんなに重い罪じゃないです。たぶん、時効は長くても7年以下だと思います。それでも、2001年に指名手配ですからね、まだ先です。それまでは、彼女に会えないでしょうね」

Kさんの落胆した声が続いた。

いや、時効になったからといって、彼女は僕に会うことはないだろうと、反射的に思う。今もヘルメットをかぶっている彼女には、僕と会う動機がない。テレビに映ったあの微笑みが青春の一ページなら、微笑みに魅かれた僕に、当時のことを話す可能性もあったかもしれない。時代と文学部キャンパスが、喧騒と叛乱に震えていた日々を語ってくれたかもしれない。

けれど、君の時間は続いていた。〝過去〟を知りたい、追体験したいと願う僕は、現在の戦いを無視するもっとも唾棄《だき》すべき存在だろう。

「彼女の行方は分かったけど、分かったからこそ会えないってことですね。……まいりましたね」Kさんが、いかにも残念だという風にうめいた。

君が今なにをしているのか？　僕はさんざん想像した。

平凡な主婦になっているのか。殺されているのか。自殺しているのか。キャリアを積んで地域の住民運動を闘っているのか。この国を脱出して海外で生活しているのか。

僕の予想はどれも外れていた。

「こんな結果になりましたけど、今月の『ヘルメットをかぶった君に会いたい』、よろしくお願いします」

Kさんが、自分自身の感傷をはぎ取るように強い口調で言った。

「それと、当時の新聞記事、インターネットで見つけましたから、自宅の方にファックスしておきます」

携帯を切って、渋谷駅に向かって明治通りを歩いた。２００５年の街の風景を見ながら、36年前から闘いを続けている君のことを思う。

テレビの画面で微笑んでいた君が、36年後に、55歳になり、指名手配を受けて逃げているということに、まだ、実感がわかない。

君は、今も、活動していた。それも、警察無線の傍受という〝非公然〟の戦いを。

逃げている君。どこにいるのだろう。一人の平凡なおばさんとして、弁当屋さんで惣菜を作っているのか。清掃作業員として暮らしているのか。コンビニのレジにいるのか。

身元を隠して働ける場所はどこなのか？

●

家に戻り、Kさんがファックスで送ってくれた新聞記事をプリントアウトした。

「警視庁公安部が、電波法違反（無線通信の秘密漏洩など）の疑いで、同派活動家６人を指名手配した。公安部は、同派が少なくとも20都県の警察無線を傍受、東京都××区のアジトを情報集約センターとして非公然活動の現場への指令を発していたとみている。調べでは、１９９７年5月から98年5月にかけて、千葉県××市のアジトで警視庁のデジタル無線などを傍受、交信内容を××区のアジトに通報して記録させるなどした疑い」

記事の最後に、女性の名前ばかりが6人、指名手配として列記され、「いずれも住所不詳」と注釈が入っていた。

その6人の中に、Aさんの名前があった。

……初めて見る彼女の名前の活字だった。奇妙なことに、最初に感じたのは、安堵感だった。彼女は実在したという安堵感。ヘルメットをかぶった君の名はAで、君は確実に存在しているという事実を喜んでいる自分がいた。

この連載を始め、君の名前が分かった時点で、それでも、Aというイニシャルにしてよかったと思った。

イニシャルにしたのは、もちろん、指名手配の人物という予感があったからではない。Aという名前が、別人かもしれないという可能性を最後まで感じていたからだ。実際、一度、僕は別人の名前を教えられている。

●

「電波法違反」をインターネットで調べた。

電波を傍受すること自体は、違法ではないという解釈が普通らしい。『ラジオライフ』という雑誌では、実際に、傍受した警察無線を紹介したりしている。

では、何が問題なのか？

Aさんと一緒に列記されていた他の女性の名前を調べてみた。

一人、Oという女性が、2003年に捕まり、一審判決を受けていた。懲役10カ月。執行猶予3年。

傍受した内容を〝窃用《せつよう》〟したことが罪となっていた。〝窃用〟とは、傍受で知り得た内容を利用すること、らしい。具体的に窃用した内容は、敵対党派の集会情報および警備情報だという。

警察が、絶対に解読できないと豪語していたというデジタル無線を解読し、傍受していた事実に対する、見せしめの意味もあったのだろうか。

そういえば、少し前、別の党派の活動家が、宅配便を送ろうとして、送り状に書いた自宅住所がニセモノであるとして、『私文書偽造』の罪で逮捕されていた。冗談のようだが、本当の話だ。

オウムに対して、別件逮捕が一番盛んだった時は、ホテルの宿泊者カードに嘘の名前を書いたという、これまた『私文書偽造』の罪で信徒は続々と逮捕された。

マスコミは、「オウムだから」という言葉で、それを認めた。

去年は、新聞受けにビラを入れていた政党の活動家が〝住居不法侵入〟で逮捕された。政党が与党側でも逮捕されていただろうかと、ふと思う。

●

じっと、通信機に集中して、耳をそばだてている君を想像する。

千葉県のアパートにひそみ、窓の外、アパートの周りを警戒しながら出入りする君を想像する。間違いなく24時間態勢だったはずだ。6人の女性は交代で、警察無線に集中して、メモを取り続けたはずだ。

交代する君を想像する。必死になってメモを書き続ける君を想像する。傍受した情報を連絡する君を想像する。

そこに日常の会話はあったのだろうか？　笑い声は生まれたのだろうか？　あの映像のような笑顔が交わされることはあったのだろうか？

新聞記事には、無線を傍受していたのは、97年の5月から98年の5月の間となっている。1年間、君は毎日、無線を聞き続けたのだろうか。

それは、どんな日常だったのだろうか。

君は結婚しているのだろうか？　指名手配の名前が、19歳の時のままということは、戸籍上は結婚していないということだろう。大学生当時つきあっていた全学連の委員長との恋愛はどうなったのだろう。36年も前の関係を持ち出す僕が野暮なのだろうか。けれど、僕は知りたい。君のつながっている時間を知りたい。

●

送られてきた新聞記事のファックスを見つめながら、しばらく、僕は何も考えることができなかった。ただ、空想と妄想だけが膨らんだ。

このまま、誰かを飲みに誘い、ヘルメットをかぶった君の話をむしょうにしたい気分だった。

およそ1年前。君の輝く笑顔に心奪われ、どうしても会いたいと願った時には、この結論は想像もできなかった。いや、想像したくなかった。それは、考えようによっては、一番、平凡で当然の結論だった。36年前に19歳でヘルメットをかぶっていた君は、55歳の今もヘルメットをかぶっている。いや、非公然活動家としては、人前にヘルメットをかぶって出ることはないかもしれない。けれど、君は、今も君と君の仲間にははっきりと見える鮮やかなヘルメットをかぶっている。

……しばらく放心した後、書かなければいけない別の原稿があることに気づいた。締め切りは、夜の12時。今日中に、出版社に送ることがルールだ。

それが僕の生活だった。

電話のファックス欄を見る。もうひとつ、送られてきたデータがあるようだった。プリントアウトのボタンを押した。

ゆっくりと印刷されて吐き出されてくる紙を見ていると、かすかに記憶にある文字が目に飛び込んで来た。紙を取る手がためらった。A４の紙の真ん中には、特徴ある字でこう書かれていた。

「面白半分で人の人生を追求すると、君が廃人になるよ。たたかいは続いているんだから。すぐにやめるんだ」

●

……心臓が、どくんと、ひとつ動いた。そのまま、高速度で心臓が鳴り出した。思わず、左胸に手を当てる。はっきりと、痛い程の鼓動を感じる。仕事部屋の壁が、少しゆがんだように感じた。

ゆっくりと立ち上がり、ファイルケースにしまってあったハガキを取り出した。数カ月前、事務所に届いたものだ。

ファックスの横に置いてすぐに分かった。同じ筆跡だった。

送り主は、とうとう僕の自宅の電話番号までたどり着いたのだ。

僕は自宅の住所と電話番号は一切、公表していない。演劇関係の名簿にも、大学関係の名簿にも、所属するサードステージの事務所の住所しか載せてない。

けれど、その気になれば、調べることぐらいたやすいのだろう。世の中には、絶対に解読不可能と言われたデジタル無線を読み取ることが可能な集団がいるぐらいだ。

けれど、どうやって……と考えていて、はっとした。

「たたかいは続いている」

この一文に釘付けになった。

「たたかいは続いている」

これは、指名手配のことを言っていたのか？

お前の探している女性は、現役の非公然活動家なんだ、お前は無意識のうちにやっかいな地雷地帯を歩いているんだ、急いでここから立ち去るんだ、という意味だったのか。

思わず、立ち上がり、窓の外を見た。

誰かがいないか。誰かに見張られていないか。電信柱の陰に、ずっと停車している車のシートの奥に、こっちをじっとうかがっている存在はないか。

暗闇の中に、見えない存在を見つけることはできなかった。

●

どんどん自分がナーバスになっていくのが分かる。

3月26日、稽古場を最後にして、いよいよ劇場に入ることになった。渋谷の東急文化村の中にあるシアターコクーンという劇場だ。

電車で通いながら、決して、ホームの一番前に立たないように気をつけている自分がいた。混んだ電車は避け、急行や快速に乗らず、〝普通〟で劇場に通う。自分の周りに一定の空間ができるように、常に気をつける。

時々、急に後ろを振り向いてみる。硬直する人影、はっと止まる人影、走り出す人影、どこかにいないかと目で探す。

いくらなんでも、いきなり廃人にされることはないだろうと思う。それでも、何らかの「教育的措置」が暴力的におこなわれるのだろうか。

駅から劇場までの道の途中で、正面を向いたまま、後ろを確認できるショウウィンドウの場所を確保した。

横断歩道を渡り、そのまま、正面のショウウィンドウに進む。ディスプレイの壁が鏡になっていて、後ろの風景を鮮明に映し出していた。そこで、商品を見るふりをして、その後ろの鏡を見つめた。僕を見つめて止まっている人がいるのか、いないのか。

とにかく、自分がつけられているのかいないのか。それを知ることが一番なのだ。

『でもわたしには戦が待っている　斎藤和《さいとうのどか》〔東アジア反日武装戦線大地の牙〕の軌跡』（風塵社）では、斎藤和氏と同居していた浴田《えきた》由紀子氏が、街を歩いている時、不審な人物の存在を感じたと書いている。斎藤氏に対する公安警察の尾行をぼんやりと意識しているのだ。だが、二人は、大した問題ではないと結論を出した。勘違いだろうと考えたのだ。

そして、一斉逮捕が行われ、斎藤和氏は、逮捕の瞬間、青酸カリで自殺した。

大人数で連携しながら尾行されようと、それが毎日なら、きっと何か兆候があるはずだ。いつもの駅のひとつ手前で、ドアが閉まる直前、電車から飛び出る。すぐに振り向き電車の中を見る。慌てている存在はいないか。ゆっくりと歩き、電車を見送る振りをして、ドアが閉まる直前、いきなり飛び乗る。振り向き、ホームを探す。電車に向かって走っている存在はいないか。

やってもやっても、決して安心できない。

ふと、Aさんが僕を尾行してくれていたらいいのに、という妄想が生まれた。

Aさんの人生を興味本位で覗こうとしている男を、Aさん本人が尾行する。そして、警告する。すぐに、連載をやめ、手をひくことを暗に要求する。平気な顔をして、僕の前を通り、僕の顔を目に焼き付け、警告する。

●

4月5日、『キッチン』の幕は開いた。

同時に、有名サイトにもう一度立てたAさんの情報を求めるスレッド（掲示板）が〝成長〟し始めた。

スレッドのタイトルを少し変えたことで、以前より注目される結果になったのだ。

そして、彼女が指名手配中であるという新聞記事を見つけた人がいた。

『キッチン』の幕が開いて二日目だった。

ネットで有名になった『電車男』ではないが、基本的に、僕はそうやって情報を探してくれる人やアドバイスしてくれる人たちに感謝している。

ただ、このサイトの管理人ひろゆき氏と以前、対談し、かなり険悪な雰囲気になったことがあって、それ以来、僕はインターネットの掲示板に対して一歩引いている。

険悪になったテーマは、『メディア・リテラシー』。「インターネットを見る側が、情報を判断する能力をつけることが必要なんだ」という彼に対し、僕は、「んなこと言ったたって、信じる奴は信じるんだ。ニセの情報を信じる奴がバカなんだ、なんて言うだけじゃあ、すまないだろう」と反論した。

議論は見事なぐらい平行線で、まったく歩み寄りがなかった。その歩み寄りのなさが、僕を感情的にした。

ラジオの収録で、20分の対談予定だったのが、気がついたら、1時間しゃべっていた。ディレクターが唖然とした顔で僕を見ていたことを覚えている。

インターネットで彼女の情報をくれる人は、2種類に分かれていた。実際に早大当時、彼女を目撃したり会話した人。

もうひとつは、一般論として、活動を語る人。

彼女を目撃した人は、つまりは、55歳前後ということになる。

そういう人が、有名サイトで、サイト用語の「藁《わら》」だの「モマエ」を使ったりするのかと思うと、なんだか、妙におかしい。インターネットの活字は、人間臭さをはぎ取り、イメージしやすいキャラクター存在に変えてしまうのだ。サイト用語を使って書き込むのは、みんな、引きこもりの青年オタクのような気がしてしまう。

もう一方の、一般論として活動を語る人は、彼女の所属するセクトに、一番敏感に反応した。

彼女の指名手配の新聞記事が出て、彼女がまだ活動を続けていることが分かった後、書き込みは集中的に増えた。

多くは、否定的な反応だった。社会復帰せず、21世紀もマルクスと共に生きようとしている彼女、同じセクトに居続ける彼女に対して、好意的な書き込みは少なかった。

セクトが問題なのだろうか。どのセクトなら、彼女の連続する時間は好意的に取られたのだろうか。

けれど、どのセクトだろうと、それを否定する書き込みは必ず生まれる。内ゲバがからめば、殺人を前提の書き込みとなる。〝冷やかし〟から、殺人を前提とする〝確信犯〟までが、同じ土俵で否定の文章を書く。

彼女が指名手配だと分かる前は、僕は、彼女がこのスレッドにたどり着き、そして、何かを書き込んでくれるかもしれないと妄想した。

けれど、その可能性はなくなった。

そして、このサイトで、文芸誌『すばる』での連載のことが話題になった。『キッチン』の六日目のことだった。

このスレッドを立てたのは、『すばる』に『ヘルメットをかぶった君に会いたい』を連載している鴻上本人じゃないのか、そうに違いないという書き込みだった。

以降の書き込みは、それを事実とした上での反応だった。

僕自身は、いずれバレるだろうと思っていた。もちろん、それでもいいと思っていた。その方が、彼女は連絡しやすいだろうと考えていたのだ。彼女はやがて、このスレッドにたどり着き、何かを書き、そして、スレッドを立てた人間の名前を知る。このスレッドを経由して、『すばる』の連載を知り、事情を理解し、連絡してくれる。（彼女の居場所が分かったとしても、電話で説明するより、人づてに頼むより、手紙を書くより、連載を読んでもらうのが、会うためには一番有効な方法だと考えたのだ）

これが、僕が夢想した理想のパターンだった。

だが、それも、彼女が指名手配では、不可能な妄想になった。

●

『キッチン』では、いつも最後のマランゴのセリフをかみしめていた。

「人間は仕事をし、飯を食う、わしは金を払う。それが人生じゃないか。わしはまちがいを犯してはいないだろう？　わしは正しい人生を送っているだろう、この世界で？」

……それはつまり、「自分は何を幸せとするか？」ということだ。調理場を壊し、叛乱を起こしたペーターは、毎日の決まりきった生活を拒否した。ただロボットのように働き、目的もなく汗を流し続けることを拒否した。が、拒否した代わりに、何を手に入れようとするのか？

激昂するマランゴに、僕が演じるフランクが言う。

「がまんなさって、マランゴさん。（ペーターは）もう、辞めるつもりなんです、きっと。病気なんです。だから、お気を静めて」

日々の苛立ちを酒と共に鎮めるフランクは、日常に対して叛乱するペーターを、「病気なんです」と言う。調理場を壊したのも、レストランに乱入したのも、病気だから。

苦いセリフだ。本気では言えない。けれど、本気で言わなければやっていけない。

病気でない者を病気と言うことで、本当の病気になる。病気だから、たどり着く場所も分からないまま、こんな行動を起こす……。

病気と言うことで救われ、見捨てられる。

●

芝居が終わるのは、10時近くになる。

4月22日の金曜日も、いつものように楽屋口を出て、駅に向かって歩きだした。

何人かのお客さんが、パンフレットを持ってサインをもらおうと待っている。暗闇に立っている人影を見ると、一瞬、身がすくむ。

近道をしようと、人気のない道を選んで歩きだした。しばらく歩いていて、足音に気づいた。

後ろに全神経を集中する。一人じゃない。二人か。歩く速度を上げると、複数の足音の速度も上がった。速度を落とすと、複数の足音の速度も落ちた。

全身から汗が吹き出た。

しまったと思った。渋谷駅への大通りではなく、住宅街の狭い道を選んだことを激しく後悔した。頭の中に、あのハガキの文字が鮮やかに浮かび上がった。廃人という文字が、どんどん大きくなる。

円山町《まるやま》の住宅街の道は、狭く、暗く、静かだった。

この辺りで、「東電ＯＬ殺人事件」の泰子《やすこ》さんが殺されたんだということも思い出した。だんだんと小走りになっていく。後ろの足音も小走りになってくる。追いかけてくる複数の足音の乱れが、余計に恐怖と威圧を与える。振り向く勇気がない。

駅までまだ距離がある。どうしたらいいんだ。叫ぶのか。どこかのマンションに飛び込むのか。せめてコンビニがあれば。ラブ・ホテルに飛び込むのか。そんな素振りを見せれば、飛び掛かられてしまうか。

駅に向かって小走りに急ぎながら、明るい窓を探した。

角を曲った時、急に左手をつかまれて、引っ張られた。転びそうになりながら、ラブ・ホテルの駐車場に引きずり込まれた。車を外から隠すビニールのカーテンが顔に触れた。

混乱して声が出そうになった。

「しっ！」耳元で小さい声がした。

抵抗しようとして、バランスを崩して尻餅をついた。立ち上がろうとした時、目の前を、複数の足が小走りに過ぎていくのがカーテンの下のすき間から見えた。ジーパンとスニーカーの足だった。

「大丈夫?」耳元で、声が聞こえた。

振り向くと、どこかで見覚えのある男がしゃがみ込み、僕を見つめていた。

「…………」なんと言えばいいのか、誰なのか分からず、相手の顔を見つめた。

神経質そうな中年の男だった。目が細く、エラの張った顔。いったい、どこで会ったのか?

「メール、くれないんだね」

男は、そう言った。「待ってたんだよ」

「はあ……」訳が分からず、マヌケにそう返した。

「誰なの、あいつら? まさか、農林水産省の回し者じゃないよね」

「……農林水産省?」

「それとも、九州の農政局?」

「九州の農政局?」

その言葉で、パチンと記憶がつながった。

あの男だ。『リンダ リンダ』の公演の時、「一緒に諫早湾を爆破しよう」と声をかけてきたあの男だ。

「あ……」思わず、声が出た。

男は、僕が自分のことを思い出したことに気づいたようだった。

「鴻上さん、やっぱり、学生運動のこと、興味あるんでしょう？　インターネットの掲示板見ましたよ。『すばる』も読みました。『どうして、成田空港の強引な開港であれだけ暴れた新左翼の人達が、諫早湾に対して行動を起こさないのか不思議だった』って、書いてましたよね。これは、俺に対するメッセージなんだと分かったんです。でも、メールはくれないし。どういうことなの？」

「いやそれは……」

円山町のラブ・ホテル街で、「メールはくれないし。どういうことなの？」と中年男に問い詰められても、答えようがない。

男はニヤリと笑った。

「荒川と言います。ちょっと話しませんか？　今、歩き回るのはまずいでしょう」

「えっ？」

「あ、ここでじゃないですよ。いやだな。どこか飲み屋でも探しましょう。さあ」

荒川と名乗った男は、立ち上がり、僕に手を伸ばした。

つかまって立ち上がれという手だった。

「さあ、急がないと、戻ってくるかもしれないよ」男の声が、ラブ・ホテルの駐車場に響いた。

僕は、男の差し出した手を見ていた。

12

男は、手を伸ばしたまま微笑んだ。敵意はない、ということを伝えたいのか。尻餅をついたまま見上げれば、その微笑みは、真面目な人間が必死で笑おうとして、余計、不器用さを際立たせているようだった。

切れ目のあるカーテンで隠された渋谷のラブ・ホテルの駐車場は、静かだった。カーテンに加えてむき出しのコンクリートの壁と柱が、さらに、男の存在を際立たせた。

一昔前のスタイルのジャケットと内側に見えるくたびれたシャツが、不思議と危険な匂いを消していた。

僕は、その手をつかまず立ち上がり、もう一度、男を見た。

男が、再び微笑んだ。友好を精一杯、表そうとしている微笑みか。

一瞬、どうしようか迷った。なんと声をかけようか、いや、声をかけてはいけないのか。すぐに立ち去るべきなのか。

「行きましょう」

男は、さっと手を下ろし、僕を促した。どうしていいか分からず、動けないまま、男の動きを目で追った。男は、数歩進み、カーテンを抜けて、駐車場を出ようとした途端、立ち止まった。

一歩、戻り、すぐに、カーテンの陰に身を隠した。

カーテンのスリットから頭だけ突き出して、歩き出そうとした左を見て、そのまま、右を見た。

そして、静かに戻ってきた。

「……生まれて初めて、男性とラブ・ホテルに入らないといけないみたいだなあ」

男は、苦笑いを浮かべながら言った。

「鴻上さんは、どうです？　生まれて初めて？　それとも、そっちの趣味？　いえ、趣味は自由なんだけど、そっちの趣味だと、一緒にラブ・ホテルに入るのは、ちょっと緊張するよね」細い目が、笑うと1本の線のようになる。

この状況を楽しんでいるのだろうか。

「でも、こんな場合じゃなければ、その趣味は気にしません。僕が苦手な趣味は、〝共産趣味〟だけです。特に、インターネットで、なにもしないで評論だけして、まるで自分が何かをしているかのように思い上がっている共産趣味者は、大嫌いです」

男は、声を潜めて言った。

共産趣味者とは、興味半分で学生運動や革命運動のことを知りたがり、あれやこれやと評論したり、面白がったりする人間のことだ。「共産主義者」ではなく、「共産趣味者」というダジャレだ。

インターネット上では、自称「共産趣味者」のサイトがけっこうある。最初、この言葉を知った時には、そのネーミングのセンスに唸った。

言ってしまえば、僕だって、「共産趣味者」かもしれない。ただし、「共産趣味者」の多くは、共産主義を信じていない、と思う。信じていれば、「共産趣味者」ではなく、「共産主義者」になる。

だから、「共産趣味者」は、多くの場合、ただの「趣味者」と自己表現したりする。ミもフタもなく言ってしまえば、「共産主義の活動を観察するのが趣味の者」が、「共産趣味者」なのだ。どうして、それが趣味になるのかは、人によっていろんな理由があるだろう。野鳥を観察する趣味の人も、選挙を観察するのが趣味の人も、100人いれば100通りの理由があるはずだ。

男の顔からさっと笑顔が消えた。

「しばらく、この中で時間をつぶそう。〝嫌な感じ〟がするんです。カンでしかないんだけど」

そう言って、男は駐車場のカーテンの向うの気配を探った。

すき間から見える、アスファルトの路面は、街灯に照らされて薄く光っていた。スーツの足と、タイトスカートから出ているストッキングの足が歩いていくのが見えた。

カーテンの切れ目から顔を出して、左右を確認する気持ちにはなれなかった。具体的に怖かった。得体の知れない足と足音は、得体の知れない恐怖を生んだ。

目の前の男が、たとえ嘘を言っているとしても、それを確認する余裕はなかった。

「じゃあ」

男は、駐車場の脇にあるラブ・ホテルの入口に向かった。その背中を見ながら、どうしていいのか分からなかった。

●

「俺のこと、狂ってると思ってるの？」

荒川と名乗った男は、ビールを冷蔵庫から出しながら言った。

嘘をつかれて、返事ができなかった。

入口の出来事を思い出していたのだ。フロントは色の濃いガラスで仕切られ、奥にいた女性は、男二人をじろりと見て、事務的に、「ご休憩ですか、お泊まりですか？」と聞いてきた。

「休憩です、たぶん」男は、自信なげに言った。遊んでいるようにも聞こえた。

そして、僕を見た。どう返事していいのか分からなかった。

「どちらですか？　お泊まりなら前金ですが」

「あ、休憩です」急いで、僕が答えた。

答えてしまって、なんだか共犯のような気がした。

男がキーを受け取り、先にエレベーターに乗った。あのフロントの女性が、僕のことを鴻上だと知らないことを祈った。知っていれば、僕はそっちの趣味の人と言われるのだろう。趣味は自由だが、誤解されるのはやっかいだ。

3 0 2号室は、こぢんまりとした部屋だった。ダブルベッド以外は、小さなテーブルとソファーがあるだけ。少しカラフルなビジネスホテルという印象だった。

部屋に入った途端、この狭さは嫌だなあと生理的に感じた。充分な距離が取れない場合、生理的嫌悪感も恐怖も倍加する。

男は、すぐに冷蔵庫のありかを探し出し、中を覗き込んだ。

その後ろ姿を見ながら、どこに座ろうかと考えた。座れる場所は、ソファーかベッドしかない。

ソファーに座って、男がその横に座ったら、密着する姿勢になってしまう。それぐらいソファーは小さいのだ。

と言って、ベッドだと露骨すぎないか。そう考えて、いったい、何が露骨なんだとハッとした。

それは、あのフロントの女性が考えていたことじゃないか。60代の前半に見えた乱れたパーマの髪の女性は、無関心と興味津々のちょうど中間の目でこっちを見上げた。

「俺のこと、狂ってると思ってる？」

もう一度、男は聞いた。

「え……いや、それは」なんと答えようかと混乱しているうちに、男は、冷蔵庫の上に置いてあるケースからコップを二つ出し、テーブルの上に置いた。

「飲みますよね？」立ったまま、あいまいに頷いた。

男は缶ビールを開けて、二つのコップに注いだ後、ひとつを持ってベッドの端に腰掛けた。

必然的に、僕は、小さなソファーを選んだ。この距離なら、襲われてもとりあえず大丈夫だ。そう考えて、突然殴りかかられても、突然抱きしめられても、両方〝襲われる〟という表現になるんだと気づいて、なんだか可笑《おか》しくなった。と言って、笑うわけにはいかない。

「ムツゴロウに乾杯ですか」男は、コップを持って微笑んだ。

つられて、コップに手を伸ばし、あいまいに差し上げた。

男は、一気にビールを飲み干した。少し微笑み、自分で自分の緊張を和らげようとしているように見えた。

僕は、少し口をつけて、テーブルに戻した。いったい、俺は渋谷のラブ・ホテルで、男と二人、何をしているんだ。俺はかなりやばい状況にいると、外の恐怖が少しずつ消えて、現実をリアルに実感してきた。

作家と演出家を20年近く続けるなかで、何人もの危ない人間に会い、何通もの危ない手紙を受け取った。

「鴻上、おまえは、俺の頭の中の文章を盗作している！　絶対許さない！」という手紙があった。稽古場を探し出して、いきなり目の前で、「私をどうするつもり！」と叫んだ女性もいた。僕は、会いたいと要求する面識のない人とは、二人きりにならないようにしてきた。なのに、俺は今、なにをしているんだ……。

ベッドに腰掛けていた男は、テーブルに近づき、すぐに、2杯目を注ぎながら言った。

「じつは、もうすぐ爆弾が完成するんだ」

「えっ?」一瞬、男が何を言っているのか、理解できなかった。

男は、僕の目を見て、微笑んだ。強い口調だった。

「『リンダ リンダ』の中で、過酸化アセトン爆弾のこと言ってたでしょう? 黒色火薬の50倍の威力があるって。材料も紹介してたでしょう。トイレ用洗剤と漂白剤の名前言って。観客はみんな笑ってたけど、俺はこれは本当だなって分かったんだよね。調べてみたら、その通りだった。作り方もちゃんと分かりましたよ」

男が興奮しているのが分かる。一番伝わってくるのは、喜びの感情だ。

年の頃なら、40代後半か50歳前後だろうか。頭が薄くなり、頬がこけ、痩せている。真面目な第一印象だったが、微笑むと柔らかい雰囲気も出る。いや、気弱さまでも伝わってくる。

「何回も言うけど、狂ってないから」男が2杯目を飲み干して、また言った。

たしかに、狂っている匂いはしない。少なくとも、僕が今まで会ってきた、自己妄想の中に生きている人たちの匂いとは違う。

もちろん、それは、〝僕が今まで会ってきた〟という限定がつく。どこから見ても正常なのに、堅固な妄想に生きている、という人もきっといるだろう。

男が、僕をじっと見た。「狂ってない」と言って、僕が何か、言葉を返すことを期待していている目だった。

「あの、どうして、どうして僕を誘うんですか?」

思い切って、核心の質問を投げかけた。

男の表情が一瞬、変わった。喜びが消えて、真面目な思考する表情が現れた。床を見つめ、何かを考え始めたようだった。

狂っている匂いはしなかった。きわめてロジカルに思考しようとする匂いだった。

しばらくして、「もうちょっと飲もうか」と、男は立ち上がった。

僕の反応を待つ前に、冷蔵庫のドアを開けた。

●

「『自殺サイト』ってあるだろ」

男が、2缶目のビールをコップに注ぎながら言い出した。

「どうして、一緒に自殺する相手を募集するのかって言ったら、やっぱり、一人じゃ死ねないからだと思うんだよね。死にたいけど、一人じゃ勇気がでない。だけど、仲間がいたら死ねる」

そこまで言って、男は、ビールを注ぐ手を止め、僕にもいるかと目で聞いた。僕は、小さく首を振った。

「仲間ができると励まし合って死ぬこともできるし、それから、ほら、俺達日本人は世間体を気にするから、仲間ができるとそれは世間ってことで、世間に背けないから死ぬってこともあると思うんだよね。どんな理由にしろ、一人でやろうと思ってもできないことが、仲間の存在で、できるようになるわけでしょう」

男は、コップに口をつけた。

「それと同じことなんだ。俺、一人じゃ、だめだったんだ。……正直に言えば、怖くて実行できないんだ。だけど、仲間がいればできる」

男の顔が上気している。本音をしゃべっているという興奮だろうか。

「それはつまり……」

「そう、鴻上さんと仲間になりたいんだ」

男は、少し照れたように言った。こんな場所で照れられると、妙な緊張感が生まれる。

「でも、どうして諫早湾を？　昔からこだわっていたんですか？」

「…………」男がゆっくりと僕を見つめた。そして、缶ビールに視線を移し、またビールをコップに注いだ。

しばらく沈黙が続いた。有線のJポップだけが、室内に充満する。騒がしいリズムが、とりあえず、むき出しの沈黙をごまかしてくれる。

けれど、限界がある。何分たったのだろうか。どうして俺は、この男の話を聞いているんだ、やっぱりそれはおかしいことじゃないかと思い出した頃、男はまた立ち上がり、冷蔵庫に向かった。

「おつまみ、『かきピー』しかないんだよね」

男は、独り言のように言った。

「ビールも、あと1本しかないんだよね。あ、ウィスキーの小瓶があった。いいかな？　これ、飲んで？」男の声が大きくなった。

「ええ」

冷蔵庫を見つめる男の横顔を見ながら、ぬるくなったビールを僕は飲んだ。この横顔は、狂っている顔なんだろうか。
●

男は、ビールを飲んだコップを洗面台で洗った後、ウィスキーの小瓶の封を開けた。

ギリッというビニールの封が破れた音がした。そのまま、中身を全部、コップに注いだ。

「諫早湾の堤防問題は、知ってたけど、ここまでは考えてなかったんだよね。そのきっかけをくれたのは、もちろん、『リンダ　リンダ』です」

男は、ウィスキーの液体を見つめながら言った。

「じつは、鴻上さんの演劇を見るのは、初めてなんだ。ただ、ネットで『リンダ　リンダ』の芝居の感想を見つけてね。それを読んで、見ようと思ったんだ」

男はミネラルウォーターの封も開けた。

「感想？　アザハヤ湾を爆破するっていうストーリーだからですか？」

「いや、そうじゃなくて……」

男はウィスキーと同じ量の水をコップに注いだ。一瞬話そうかどうしようかと迷って、それでも言葉を続けたように見えた。

「元過激派が出てるって書いてあったんだ。元過激派で、今は何をしていいか分からない男が出ていて、それが、計画に参加するって」

男は、そう言って、ウィスキーをくいとあおった。その飲み方は、ビールと変わらなかった。そのまま、男は壁に目をやった。ウィスキーの水割りは、半分になっていた。

「……それが、『リンダ　リンダ』を見た理由なんだ」

目の前の男の体内には、長い物語が満ち満ちているように感じた。長い物語に僕はつきあうのか。つきあう理由はあるのか。その物語は狂ってないのか。

男の印象は、最初とずいぶん変わっていた。目の前にいるのは、疲れた男だった。押しの強さも口調のエネルギーも感じない、ただの疲れた男だった。

「……俺も、過激派と呼ばれてた。それから……」

男は、もう一口、ウィスキーを飲んだ。

「俺も、途方に暮れていたんだ」

男は、やっと言えたという顔をして僕を見た。それは、少年が泣くのを必死でこらえているような顔だった。

●

2005年1月12日、『リンダ　リンダ』の出演者が集まって、新年会を開くという知らせが来た。

役者達が集まって、自主的に開く会だ。そこに、演出家の僕が呼ばれたのだ。

演出家になって24年、じつは、終わった芝居のメンバーと集まるのは初めてだった。劇団の時も、新年会も忘年会もしたことはない。いや、たった一度、お世話になった人を集めてやったことは、ある。それだけだった。

　まして、劇団ではなく、一回一回、作品のために集まるというプロデュース制の芝居をするようになってからは、終わった芝居で集まったことなどなかった。

　なんだか、照れくさいのだ。

　芝居の稽古中は、俳優達と飲むことはもちろんある。が、集まるのは、公演という共通の目的に向かって進んでいる人間達だ。話すことは山ほどある。仲良くなることさえも、公演を成功させるための必要な一歩なのだ。

　だが、公演が終わると、その集団には共通の目的がなくなる。ただ、共通の思い出だけが残る。

　そういう人間関係で飲むことが、とても恥ずかしいのだ。苦手と言ってもいい。

　演出家なんぞをやっていると、〝濃密な人間関係〟が好きだと誤解される。とんでもない。僕は世の中に、〝濃密な人間関係〟が好きな人間なんているのだろうかと思う。ただ、鈍感で、〝濃密さ〟を感じない人はいるだろう。そういう人は、人間関係がどんなに濃密になっても平気なのかもしれない。

　お互いの苦労を労《ねぎら》うのは、公演の最終日、千秋楽の打ち上げだけで充分だと思っている。それ以降は、とりたてて会う必要を感じない。会っても、どうしたらいいのか分からない。目的をなくした集団の中では、妙な居心地の悪さというか居場所のなさを感じるのだ。

　けれど、僕は飲み会に出た。それは、『リンダ　リンダ』をまたやりたいと思っていたからだ。諫早湾の潮受け堤防がある限り、僕は『リンダ　リンダ』をやりたいと思った。

奇しくも、この日は、佐賀地裁が国の異議申し立てに対して、堤防の工事差し止めを再び決定した日だった。

佐賀地裁は、「潮受け堤防の存在する限り、漁業者に将来的にも漁業被害が継続する可能性を否定できず」、「漁業被害を将来的に防ぐための第一歩としては工事の差し止め以外に他の有効な代替手段も見当たらず、その意味で差し止めが被申立人（漁業者）らが採り得る現時点で唯一の最終的な手段と思料される」と、国の主張を退け、工事差し止めを命じた。

僕は昼間、ラジオでこのニュースを知った。そんな日に、みんなで集まることの因縁を感じた。

飲みながら、みんなに、「今日のニュース、知ってる？」と聞いた。何人かがうなずき、そのまま、話は盛り上がった。

けれど、この後、高裁も最高裁もあることを僕は知っている。そして、地裁での住民寄りの決定が、高裁、最高裁へと進むにつれ、お約束のように国家側に移っていく〝事実〟も知っている。それが、この国のルールだ。

それでも、明快な判決だった。普通の脳細胞を持っていれば、当然、出てくるリアルな判断だった。

二次会は、カラオケに行き、朝までザ・ブルーハーツの歌を歌い続けた。

裁判に気の遠くなる時間がかかることも、この国のルールだ。高裁の判決はいつだろうと思いながら、僕は一緒に歌っていた。

せめて最高裁の判決が出る前には、再演したいと思っていた。

●

「最高裁を信じてるのか？」男が呆れたように言った。

口が少し回っていない。目の前には、空になった缶ビールとウィスキーの小瓶が数本並んでいる。二度、フロントに電話して、持ってきてもらったのだ。

かなりの量を飲んでいる。缶ビールは、10本近い。ウィスキーの小瓶は5本近いだろう。

「そうじゃない。ただ、今、佐賀地裁の決定で、工事は中止されている。少しの可能性にかけてもいいと思うってことです」

僕はほとんど飲んでない。

男はニヤニヤと笑いながら聞いている。酔っぱらった典型的な表情だ。男の過去に何があったか聞くことは避けた。聞くことで、過去を分け合いたくはなかった。

「あんな作品書いといて、国家を信じてるのか!?　あんた嘘つきか？」

口調はおだやかだが、粘着質の嫌らしさが漂う。

やはり、アルコールの追加注文をとめればよかった。

自分が元過激派だと名乗った後、男は、『リンダ　リンダ』に出てくる元過激派の心情がよく分かるといい、どうして俺の気持ちが分かるんだと言った。そして、エンタテインメントと革命がひとつの作品になっていて、新鮮な体験だったとほめ、飲み物を注文してもいいかと聞いたのだ。

その後、しばらく男は、『リンダ　リンダ』の感想を語り、同時に、自分がいかに途方に暮れていたかを力説した。

そして、しゃべりながら、また受話器を取り、9番を押し、さらにアルコールの追加注文をした。おつまみは何かあるかと聞き、なら『かきピー』でいいと言って電話を切った。もうアルコールはやめた方がいい、と言う間もなかった。

ホテルに入って、1時間以上たっていた。

男は、はっきりと酔っぱらった口調で言った。

「ねえ、鴻上さん、一緒にやろうよ。二人ならうまくいくって。二人でさ、堤防爆破して、ムツゴロウを呼び戻そうよ」

ベッドから立ち上がり、テーブルの前まで来た。

「……酔っぱらってますね」とりあえず、男を押しとどめた。

「酔っぱらってなんかないよ！　お前はどう思うんだって聞いてるんだよ。あんな作品を作って、それでお終《しま》いかよ？　お前達の世代はそれでいいのかよ？　大義ってものがあるだろ。人民のための大義だよ。国家権力の横暴に対しては直接行動しかないことぐらい知ってるだろう！」

男は、大声でまくしたてた。

怒っている声ではなかった。粘着質の悲しい声だった。

「座って下さい」

男は、電話に近づいた。

「どうするんですか？」

「飲み物、頼むんだよ。もうないだろ」

「もうやめましょう。あなたはかなり酔ってます」

「酔ってねえって言ってるだろ！　酔うってのはこんなもんじゃねえんだよ！　酔うってのは血吐くことだよ。こんなの酔ってるうちに入んねーよ」

男は揺れながら受話器を持った。

「……僕、帰ります」

ソファーから立ち上がった。

「逃げるのか!?」男が叫んだ。

「違います。酔っぱらった人間とは、議論にならないって言ってるんです。これ以上話してもムダです」こちらも強い口調になる。

「酔っぱらってないって言ってるだろう！　分かってるよ。あんたは、裁判を信じてる。俺は信じてない。じゃあ、高裁か最高裁で工事の許可の判決が出たら、俺の勝ちな。その時は、一緒に爆破するんだぞ。それまで、爆弾、取っとくからよ。それでいいだろ？」

なんと返事していいか分からなかった。

「約束な」男は、手を差し出してきた。握手の手だ。

「約束なんかしませんよ」

「分かってるよ。あんたも本当は爆破したいんだ。自分の人生に誇りを持つために、本当は一緒にやりたいんだ」

「…………」

「大丈夫だよ。『リンダ　リンダ』見たんだからよ。ひとつ、絶対にバレないこと。ひとつ、絶対に人を傷つけないこと。任せろ！」

男は、自分の胸を叩いてニヤリと笑った。

意識的に返事をしないで部屋を出ようとした。

「あ、ちょっと、鴻上さん。お願い」

男が慌てて近寄ってきた。

「お金、払ってくれないかな。俺、ゲルピンなもんで。よろしく」

男が両手を合わせた。足元がふらついている。

返事をしないで部屋を出ようとした。

ぐいっと腕をつかまれた。

「頼むよ。オケラなんだ」

男の酒臭い息が顔に迫ってきた。

●

フロントで、先に帰ると告げると、乱れたパーマの髪の女性は、「お連れさまは？」と聞いてきた。もうしばらく残りますと答えると、彼女は、部屋に電話した。

「あと40分ほどですよ」と、電話口に告げ、僕に「1万3700円です」と請求した。

領収書をもらうわけにはいかないだろうなあと、ぼんやりと考えた。

ホテルを出る時は、緊張した。大通りに最短距離で通じる道を探して、全力疾走した。吐き気に負けそうになる直前、大通りのネオンが見えた。飛び出て、すぐにタクシーを拾った。シートに滑り込んで、窓の外を見た。こっちを見ている人影はなかった。

渋谷が遠ざかるにつれて、体が小刻みに震え始めた。体の奥底がざわつく、名状しがたい感覚だった。

いったい、今日、自分はなにをしたんだと思った。

どうして、二人でラブ・ホテルに入ったのか、あれでよかったのか、足音はいったい誰なのか、これからどうしたらいいのか、考えているうちに、胃の奥から急激に込み上げてくるものがあった。

タクシーを止めてもらい、山手通り沿いの生け垣に吐いた。中身はほとんどなかった。胃の奥から、胃液だけが出てきた。

●

それからいっそう、後ろを気にするようになった。芝居は、2日後の4月24日で終わった。残りの2日は、楽屋口からではなく、劇場の正面から出た。

外出する時は、タクシーで移動した。人気のない道は、歩かないようにした。

だからなのか分からない、とりあえず何もなかった。あの男からのアプローチもなかった。そして同時に、彼女への手がかりも、何もなかった。

いつものサイトの掲示板で、僕に対する批判的な書き込みがあった。

「小説だから事実そのままを書く必要はないが、サイトにスレ立てしてAの事を調べ、そこで指名手配がわかったこと、ついでに『すばる』にA探しの小説を連載していることを暴露されたことなど、なぜ書けなかったのか。鴻上は明らかに逃げてるね。

鴻上尚史が蜷川幸雄演出『キッチン』に出演したのは事実だが、調べると公演は4月5日から始まっている。4月の稽古はもう大詰め、佳境に入るということはない。編集部留守電は虚構です、と作者が自白しているようなもの」

この書き込みを読んで、もう一度、自分の書いた文章を調べ直した。たしかに、「4月」と書いてある。稽古場を3月26日に引き払ったのだから、4月と書くはずがないのだ。けれど、書いている。どう考えても、3月の間違いなのだ。

……というようなことを書いても、もし、これが政治党派の論戦なら、なんの説得力も生まれないだろうと思う。けれど、事実だ。僕が単純なミスをしたことは事実だ。

僕はこの書き込みを読んで、じつは感動した。それは、〝事実の読み方〟だ。「編集部留守電は虚構です、と作者が自白しているようなもの」という見方は、乱暴な言い方だが、政治から離れた僕達の世代にはないと思う。これは、やっぱり、政治的に鍛えられた団塊の世代の見方だと思う。もしくは、政治党派で世界の読み方を習熟した視線だと思う。

掲示板のことを隠すつもりもなかった。もちろん、有名サイトに書くことが目的でもない。ただ、僕はAさんの情報を手に入れたいだけなのだ。

そして、あの男と会って約3週間後の5月16日、潮受け堤防に対する福岡高裁の決定がでた。こんなに早く出るとは思わなかった。

福岡高裁は、佐賀地裁の工事差し止めの決定を取り消した。

「漁獲量減少は工事との関連が疑われるが、関連性が証明されるまでには至っておらず、工事を差し止める理由はない」と、福岡高裁は言う。

つまりは、工事が始まってタイラギ貝が全滅した理由やノリの水揚げが劇的に減った理由が、潮受け堤防のせいだという厳密な証明がない、ということだ。

いったいどうやったら、厳密な証明が可能なのだろうか？　タイラギ貝が全滅しても、関連性が証明されていないというのなら、これ以上、どんな証明が必要なのだろうか？

いったい誰が、そんな証明ができるのだろうか？

「諫早干拓工事と有明海の漁業環境の悪化との関連性については、定性的には否定できないが、定量的には明らかではない。現在のところ、諫早干拓工事は、種々の複合的な原因の一つとして、有明海の漁業環境に対して影響を及ぼすことを通じて、相手方らに対して漁業被害をもたらす可能性が考えられるというにとどまる」

福岡高裁のこの文章を何度読んでも、僕は理解できなかった。

この文章は、僕にとってリアルではない。

まるでリアリティーがない。けれど、国と県は、この判決の二日後に、工事を再開した。

九州農政局が実施を見送った中・長期開門調査について、「同調査を含めた調査研究を今後も行う責務がある」と福岡高裁は付け加えたが、それは無視されて、驚異的な速度で工事は再開された。

堤防に再び響きわたる工事の音はリアルだ。だが、それは、まったくリアリティーのない文章から生まれた。リアルを消すためとしか思えない文章から、リアルな現実が生まれた。

リアルとはなんだ？

ノリの不作で、２０００年度には、１７６億円が失われた。２４６０億円を使って堤防を完成させると、埋め立て地の農業生産額は、毎年45億円になる。それは、工事費の２％だ。１７６億円失って、45億円手に入れるために、２４６０億円を使う。これはリアルな計画なのか？　空想の計画ではないのか。

●

それでは、堤防を誰にも知られずに爆破するという計画はリアルなのか？　空想なのか？

「事実は存在しない。ただ、解釈だけが存在する」とは、誰の言葉だったか？

13

仕事部屋にある『ヘルメットをかぶった君に会いたい』のクリアケースの引き出しを開けた。

いままでの原稿と、君が映っているビデオテープと、連載の中止を要求しているハガキとファックスと、その奥に、あの荒川と名乗る男が僕に渡した紙切れがあった。

折り目を広げて、もう一度見た。

1行目がメールアドレス。そして、2行目には、こう書かれている。

『僕達は、僕達の1978年3月26日を創る』

この文章を書いた時、荒川は、まさか「1978年3月26日」が「2005年」にいびつな形で再浮上するとは夢にも思わなかっただろう。もちろん、当事者を含めて、誰も思わなかったはずだ。

●

1978年3月26日は、『成田空港管制塔占拠事件』の日だった。

成田空港開港を四日後に控えた26日、15人の過激派が、突然、空港のマンホールから出現し、管制塔まで駆け上がり、占拠し、無線設備、機械を破壊し、開港を2カ月遅らせた事件だ。

荒川のメモに刺激されて『管制塔　ただいま、占拠中！』という柘植書房からでている本もインターネットの通販で買ってみた。

管制塔に突入し、被告になった人たちが10年後に書いた本だ。獄中からの手紙もあり、支援者に対する言葉もあるが、中でも、突入の準備から当日のドキュメントが、無責任に言えば、心震えるぐらい面白い。

映画にすれば、一級のアクション作品になるだろう。突入する部隊に選ばれることの栄光と怯え。具体的な計画を聞く時の興奮と恐怖。間違いなく逮捕されるだろうという作戦に参加する覚悟とためらい。参加を表明する瞬間の人間的強さと弱さ。

当時のテレビニュースでは、管制塔の中で、ハンマーを振り上げ、機材を壊すヘルメット姿が報道ヘリコプターからの映像で流されていた。

それは、まるで現実の風景ではないように見えた。

国際空港という国家の象徴が、数人の若者達のハンマーやバールという〝素朴な道具〟で解体されていく過程だった。それは、国家という〝抽象〟に、身体という〝具体〟が切り込んでいく瞬間だった。

僕は、その映像を、東京行きの新幹線を待つ岡山駅の待合室で見た。故郷を出て、早稲田大学に入学するための上京の途中だった。

機械にハンマーを振り下ろしている人は、充実しているだろうなあ、楽しいだろうなあと映像を見ながら思った。

国家という抽象を具体的に身体で感じる喜びだったのだろう。現実を、体で理解できるレベルに引き下ろした喜びだ。複雑怪奇な現実でもなく、つかみ所のないもやもやとした現実でもなく、義理と人情がどうしようもなく絡み合った現実でもなく、ハンマーを振り下ろす時、現実は、確固たる固さと明快さで、彼らの前にある。

それは、〝現実を取り戻した〟と言えるのだろう。現実のリアルを実感できる喜びだ。その気になれば、リアルはあっけないぐらい簡単に手に入れることができる。テレビに映ったハンマーを振り下ろす映像は、そう、語っていたような気がする。

もちろん、あの当時、こんな言葉で説明はできなかった。けれど、あの行動に感じたある〝明快さ〟は、現実のリアルをもう一度、炙《あぶ》りだす衝撃だった。

「政府のやり方も悪いと思うけど」「農民のやり方もどうかと思うけど」「一度始まったものは撤回できないし」「世の中は、いろんな組織でできているわけで」……そんな〝現実〟の周りにべっとりとまとわりつく〝生きるための知恵〟を、ハンマーひとつは、簡単に引き剥がした。

信じられないほどのシンプルさで。

そんな鮮やかなリアルを手に入れた後、人はいったいどうなるんだという疑問は、この時、誰が持っていたのだろう？

少なくとも、僕は、そんなことは夢にも思わなかった。

大学のために上京する途中の僕は、ただ、その映像を、「そんなことをやっても、成田空港は絶対にいつかは開港する」と興奮しながら醒めて見ていた。

●

異なる党派三つが合同で計画をなし遂げたというのも驚きだった。

その当時、人々は、内ゲバにうんざりしていたはずだ。相手との（一般市民から見ればささいな）違いを厳しく追及することはあっても、手を組むことなんかないだろうと思われていた政治党派が、共に手を取って計画を実行したという事実。

次の日、この闘争に参加した三つの党派の街頭カンパに対する市民の反応は、劇的だったという。

それまで、過激派に対する拒否反応を示していた人々が、続々とカンパのお金を差し出した。1万円札も飛び交ったという。

この反応は、国家と身体ひとつで向き合った共感だったと思う。もし、彼らが、管制塔を破壊する時、爆弾を使っていたら、カンパの額も変わっていたはずだ。

同時に、カンパの場所で議論が巻き起こった。管制塔占拠という行動を肯定する人も否定する人も、一様に興奮していたという。

それは、国の決定を覆すことは不可能だと決めていた国民の衝撃の表れだった。国が10年以上、膨大な金額をかけて造った空港の開港を20代前半の若者達が実力で阻止したとい

う〝理解不可能〟なリアルに対する反応だった。（実際、15名の平均年齢は、24歳前後だった）

彼らの行動を激しく罵る人も、もう一度、「国家とは何か？」「成田空港とは何か？」「自分という個人はなにができるか？」を自分自身に問いかけたのだ。

この闘争がそれまでの過激派の活動と違って、多くの人に激しい賛否両面の衝撃を与えたのは、占拠する時に、誰も殺さず人質も取ってないことが大きな理由のひとつだろう。

結果、個人と組織と国家というシンプルな枠組みが浮かび上がった。

もし、突入の過程で空港関係者の一人でも殺傷していたら、国民の反応も違っていたはずだ。

●

空港に反対していた農民の言葉が残されている。

「うれしかっただよ。三里塚公園で集会の最中、大勝利した、空港を占拠したって知らせあったの。もう大変な拍手だった。

夜テレビでみたの。高いところ壊した青年、にっこり笑って出てただよ。

青年たちの心、農民の心と変わりねえべえ。変わらないどころか、神様だよ。いくら反対同盟ががんばっても、あんだけのことできやしねえ。

そしたらよね婆さん生きてたらどんなに喜んだかって思って、集会終わったらすぐよね婆さんの墓へとんでいっただよ。東峰の共同墓地のまんなかにいるだよ。死ぬまでいい目に合わなかったもんな。せっせと働いて、畑も家も（空港）公団にとられちまっただよ。

で、掌合わせてよね婆さんにいっただよ。青年がえらいことしてくれたぞ、飛行機とめてくれたぞ、大勝利だぞって」

●

カンパを続々と差し出した人々のシンパシーを、今の時代に理解するのは難しいだろう。少なくとも、この時代はまだ、国は戦う相手であり、信用できない対象であり、うさんくさい存在だった、と思う。

それはたぶん、戦争の記憶だ。国の言う通りにしていたら、とんでもないことに巻き込まれたという距離感が生きていたのだ。

戦争に向かって旗を振った人間がいて、ついて行った人間がいて、「生きて虜囚《りょしゅう》の辱《はずかし》めを受けず」というルールを作った人間がいて、それに従って自死した多くの人間がいた時に、国は、「一人一人みんなまとめて責任がある」と言い放った。

それは、うむを言わせぬ勢いだったが、国民はどこかうさんくささを嗅ぎつけた。

そして、国家は、「脆弱《ぜいじゃく》な個人のアイデンティティーを支えてくれる存在」から転落した。国家に支えを求めることを、多くの国民は嫌悪したのだ、と思う。

その当時は、国の渡航自粛勧告を無視してイラクに行った青年を、国に代わって感情的に責めるような国民ではなかった、と思う。

子供時代、大人達が、「ちょっと来いに気をつけろ」と言って苦笑いしている風景をよく目にした。

なんのことなの？　と聞けば、叔父の一人が教えてくれた。戦争中、特高（警察）は「ちょっと来い」という軽い言い方で国民を引っ張った。それは、とても「ちょっと」などというものではなく、長い取り調べや拷問が待っていたのだが、彼らは、意識的に、深刻にではなく軽く言った。だから、警察や憲兵が「ちょっと来い」と言ったら、気をつけないといけないと、国民は密かに言い合った。

そして、戦争が終わって、特高がなくなった後もその言い方が残っていて、妻や親が用事を言いつける時に、「ちょっと来て」と言ったら、「大変な仕事を押しつけられるぞ」と茶化す意味で使うようになった。

叔父は、小学生だった僕に、丁寧に説明してくれた。

もちろん、警察が発言した場合には、本来の意味がそのまま通じる。

別な叔父は、隣家に入った空き巣のことで、警察に「ちょっと来て欲しい」と求められた時、「ちょっと来いには気をつけろ」と言いながら警察に向かった。

警察に距離を置くということは、国家に対して距離を置くことだ。

距離を置くのは、自分が国家の標的になってしまう恐怖があるからだろう。国家は信用できないという感覚。自分のコントロール不可能な所で、理不尽な当事者にされてしまう怯え。

けれど、今、理不尽な当事者にされてしまう恐怖は、国家よりマスコミの方が強いんじゃないかと思う。国民は、国家よりもマスコミを理不尽な存在だと思っているような気がする。マスコミは、信用できない。だから、国家に守ってもらおう。

終戦後60年たって、多くの国民はもう一度、国家を「脆弱な個人のアイデンティティーを支えてくれる存在」の位置に戻そうとしている。

●

『管制塔占拠事件』にこだわるのは、2005年の今年、ある出来事があったからだ。

その話の前に、成田空港問題はどうなったのか――。

1991年11月21日、成田空港の建設計画が発表されてから25年後、当時の運輸大臣は、国を代表して、「空港建設の強制的な手法」を反対同盟や農家に対して謝罪した。

そして、以後、いかなる手段でも強制収用はしないと約束した。

ちなみに、現東京都知事の石原慎太郎氏が運輸大臣の時は、反対派は射殺すればいいと発言したらしい。この人は、期待通りの役割を演じてくれる。見事なものだ。

そして、2002年4月、国と成田国際空港会社（旧空港公団）は、地元の農民を無視して、もう1本の滑走路、暫定平行滑走路を使い始めた。ワールドカップで飛行機需要が増えるというのが理由だった。

そして、2005年4月、成田国際空港会社は、地区の同意を得ず暫定滑走路を建設・運用したことなどに対する社長名の謝罪文を提出した。2度目の謝罪である。

そして、2005年7月、暫定平行滑走路は、反対農家7戸が残る南側ではなく、北側に延長することを、北側一雄国土交通大臣は決めた。北側に延長することを、北側国交大臣が決めたという冗談みたいな現実を、それぞれの立場の人はどう思ったのだろう。

この決定によって、成田空港は機能的には完成する。暫定平行滑走路は、暫定ではなくなり、ジャンボジェット機が発着できる充分な長さの滑走路が2本、確保されることになったのだ。

そして、南側の農家の頭上40メートルを、1日100回以上、ジャンボ機が飛ぶようになる。

世界に例のないいびつな空港として完成することが確定したのだ。

●

そして、管制塔に突入した人たちは、どうなったかというと——。

それぞれに、6年から12年の刑を受けた。あれから、27年たっているので、全員が出獄している（自死を選んだ人もいる）。

そして、国と空港公団は、彼らに、約4500万円の賠償請求を1981年3月に起こした。その判決は、1995年に最高裁で確定、その年12月に納付請求されたが、それ以降、取り立て行為は一切なされていなかった。

被告たちも、91年の謝罪の後なので、請求はないだろうと考えた。

しかし、2005年3月、賠償請求が時効となる4カ月前、原告の国・空港会社は突然、損害賠償請求の強制執行を開始した。

損害賠償額は、法定利息を含めて、総額1億300万円になっていた。毎年、自動的に

200万円以上の利息が加算されるのだ。

定収入のある10人に対しては、毎月給料の4分の1を強制的に差し押さえ、定収がない6人に対しても支払いの督促を行っているという。

こうして、「1978年3月26日」が「2005年」に誰にも予期しなかった形で再浮上したのだ。

●

突入した人たちは、すでに党派を離れているという。僕の調べた範囲では、全員が〝元活動家〟となっていた。

もっとも、所属していた党派が分裂したり、党派そのものの目的が変わったり、縮小したりと、党派側の問題も重なる。

つまりは、16人の元被告に突きつけられた1億3300万円を正面切って支えてくれる党派はない、ということだ。

どの党派も、「元被告本人が払う必要はない、自党派が責任を持って処理する」とは言ってない。いや、言えないのだろう。すべての請求は、突入した個人に突きつけられている。

2005年の4月から、給料の4分の1が、雇用主から強制的に徴収されている。拒否することはできない。4分の1とは、法律で決められた限度額だ。

仮に、毎月28万円の定収入があるとして、4分の1だと7万円。定収入のない6人もきっちり7万円入れるとしたら、7年から8年強制徴収されれば、完済となる。

ただし、それは、全員が毎月7万円を払い続けられるという前提に立つ。1億を16人で頭割りして、自分の分を払ったら終わり、というものではない。強制的な差し押さえは、最後の1円が払われるまで、全員に続く。

そして、たいていの場合、雇用主は、何年も待たずして、従業員である彼らの首を切るという。もしくは、居づらくなって彼らが辞める。

国からの賠償問題を抱えて、給料の4分の1を強制的に差し押さえられ続けている従業員を好意的に雇い続ける太っ腹な雇用主は、そうはいないだろう。

あなたが雇用主なら雇い続けるか？　もしくは同僚なら、差し押さえの問題はさておき、毎日、普通の会話を続けられるか？

もちろん、ボーナスも退職金も4分の1が差し押さえられる。

国と成田空港会社は「国民の税金で建設した施設を破壊された。うやむやにはできない」とコメントを発表している。

このスタンスはまったくもって正しい。国民の税金は1円たりともムダにはしない、正しく管理するという発想だ。

刑事事件として決着がついても、民事事件として許さないという姿勢は、今後、社会保険庁が作った何百億というムダな保養施設や強引な公共事業を推進した役人に対する民事裁判を始める第一歩なのだろう。

これから先、ムダな干拓、ムダな高速道路、ムダな施設、ムダな公園、ムダな公共ホールを作って、国民の税金をムダにした人間達には、「うやむやにはできない」というコメントとともに、賠償請求の民事裁判が陸続と起こされるはずだ。

●

そして、「苦渋の選択として、管制塔元被告団は今年年末をメドに1億3000万円の一括払いを決めた」という声明が出された。そしてカンパを訴えた。「カンパは、10月末集約とする」としている。

党派の支援が得られなくても、1万人が1万円出せば、1億円は集まる。が、この時代に果たしてそんなことが起こるのか？

被告とも現在の党派とも直接関係のない個人がホームページを作り、毎日、カンパの集まり具合を報告している。

7月21日から8月20日までの1カ月で1000万円のカンパが集まっている。多いと見るか、少ないと見るか？

このままの調子だと、10月末で3000万円ということだ。

●

松下竜一さんが生きていらっしゃったら、元被告達のそれからのドキュメントを書かれたのじゃないかと思う。いや、松下竜一さんの文章で、知りたかったと思う。『狼煙を見よ』や『怒りていう、逃亡には非ず』という傑作ルポルタージュの流れとして、読みたかった。

突入の瞬間、反対農民から神様のように思われ、その後の激しい反過激派キャンペーンにさらされ、開港前の管制塔の機材を壊したのに『航空危険罪』という見せしめの重刑を科せられ、『管制塔戦士』という〝栄誉〟を受けながら出獄して組織と微妙にズレ、居場所を求めて去っていった人たちの気持ちを知りたいと思う。

20代の前半、数時間の高揚が、その後の27年間の人生を決めている感覚を知りたいと思う。それも、組織に対して、支援者に対して、国家に対しての公式コメントではなく、できるだけ個人の肉声として。

その当時の最年少は、21歳、早稲田の学生だった。今、どんな生活をして、給料の4分の1を取られているのだろう。いや、定収入はあるのだろうか。

●

その当時、ヘルメットをかぶった君が所属するM派は、管制塔占拠を「権力の謀略」だと説明した。国家権力が、襲撃を分かってやらせたのだという考えだ。

だとすれば、長い謀略だ。

27年後に、時効の直前、法定利子が最大になった時点で、差し押さえの強制執行に取りかかったのだから。

どこまでこの謀略は続くのだろう？　この謀略の最終目的はなんなんだろう？

●

荒川が目指した「1978年3月26日」はこんな形で2005年につながった。

多くの国民は、「過激派が好き勝手なことをしたんだから、当然のことだ」と思うのだろう。

歴史は常に勝ち組が修正していく。国家と個人の戦いでは、ほとんどは国家が勝利する。三里塚の歴史も国家が修正するのだろう。いつのまにか、住民エゴと殺人過激派の話になっていく。

けれど、それは、「どの抽象を選ぶか？」というレベルの話だ。一瞬、かいま見えた、〝抽象〟と〝具体〟のぶつかり合いの話ではない。ほんの一瞬、感じた「リアル」の感覚でもない。

強引な方法で、つまりは直接的で身体的な暴力でリアルに触れれば、必ず、手酷いしっぺ返しを食らうのだろうか。そして、雇用主が自分の給料の4分の1を国家に払うという、さらに〝抽象〟化された現実に取り囲まれるしかなくなるのだろうか。

抽象と抽象の戦いでは、多くの人は勝ち組に乗っかる。

自分を、負ける個人より勝つ国家に重ねた方が、生活の幸福度は高い。

けれど、だからこそ、抽象より具体を求める人間がいる。生きる意味を、抽象的にではなく、具体的に感じたいと思う人間がいる。どんな結果になっても、リアルに触れたいと熱望する人間がいる。

荒川からの手紙が来るとする。

酔っぱらった非礼を詫び、もう一度、「一緒に諫早湾を爆破しませんか」と丁寧に誘われたとする。

そこには、爆弾の進捗状況、リモコンの方法、計画の立案が詳細に書かれていたとする。ラブ・ホテルのドアを閉める直前、ちらりと見えた、老人が泣き疲れたような荒川の背中をはっきりと思い出したとする。

後は、メールでもう一度、会う日を決めればいいだけだ。

「絶対にバレない方法で、絶対に誰も傷つけない方法で、ただ、潮受け堤防だけを破壊できたとしたら……」

僕は、荒川の手紙を握りしめて、つぶやく。

もし、捕まったとしても、誰も傷つけなかったら、不法侵入と器物損壊でそんなに重刑にならないかもしれないと考える。「いや、民事の賠償請求が膨大に来るだろう。堤防を破壊したんだ。数億はふっかけられるだろうな」と続けて思う。

だからこそ、絶対にバレてはいけない。

「とりあえず、会ってみるだけ会ってみよう。それで、終わるかもしれないし」

僕は、高速道路を走る車の助手席に乗っている。隣には、ハンドルを握る荒川がいる。両側をコンクリートの壁に挟まれた道路を見つめながら、僕はヘルメットをかぶった君のことを考える。

Aさん、あなたは今、どこにいるのでしょう。僕には、あなたがこの連載を知っているんじゃないかという気がしてしょうがないのです。そう、確信にも似た思いがあるのです。あなたは、この連載とサイトの掲示板の進展状況を知っているんじゃないかと感じるのです。

この連載も、次回で終わりです。

あなたに会いたいと思って始めた連載は、あなたに会えなければ、連載の意味がなくなってしまうのです。

あなたをでっち上げて登場させることは、もちろんできます。通常の小説なら、そうするかもしれません。けれど、僕は、今回だけは、この作品だけはそうしたくないのです。

僕はただ、あなたと一度だけでもいいから、話したいのです。

あなたが、刑事事件の指名手配犯だということはもちろん、分かっています。けれど、それは、警察の問題であって、僕の問題ではありません。

僕は1年に亘《わた》って、自分が避け続けてきた学生運動について書いてきました。

この話題を避けようとはっきり決めたのは、高校生の時です。

このままだと、自分は運動に飛び込んで死んでしまうと思ったからこそ、避けてきたのです。けれど、あれからずいぶんの時間が流れて、やっと正面から見つめられるようになりました。

Aさん、こんな言い方をしたら、あなたは怒るでしょうか？

「大人買い」という言葉があります。

子供の頃、買ってもらえなかったプラモデルやおもちゃを大人になって買いまくる行為を描写した言葉です。

子供の頃、買ってもらえなかった、手に入らなかったことがトラウマになって、大人になって熱心に買いまくることが「大人買い」です。

僕の「学生運動」へのこだわりは、この「大人買い」だと自分で思い当たったのです。興味を持ち、没入しなければいけない時に没入しなかった反動が、今の僕を突き動かしているんだと気づいたのです。

それは、「燃え上がる瞬間を生きたい」という人生に対する渇望です。

車が、高速道路の出口に向かった。

「降ります」荒川が静かにつぶやいた。

速度を落としながら、車は雑木林に挟まれた道路を進んでいく。山は近いのだろう。

「絶対に、バレない場所で、爆弾の爆破実験をしよう」

荒川は、楽しそうに言った。心当たりがあるようだった。

窓の下を見れば、川が見えた。ふと、故郷の四国山脈の風景を思い出した。

山奥の小学校に飛ばされた両親に会いに行く時も、揺れるバスの窓越しにこんな川をいつも見ていた。

水は澄んで冷たかった。川で泳ぐのは、夏でも体力が必要だった。

直径5センチ、高さ10センチの円筒形を、両手でずっと握りしめている。

『過酸化アセトン爆弾』は、振動に対して過剰に神経質になることはない爆弾だが、念のためだ。

爆破実験用なので、そんなに大きくはない。たぶん、最終形の何十分の一だろう。

手はしびれてきたが、こうやることで、自分は何をしようとしているのかが実感できた。

Aさん、僕は燃え上がるような人生を生きたいと渇望していました。今、この瞬間、死んでもいいと思えるようなリアルな時間の中で人生を生きたいと思っていました。そう思えたら、もう、死んでもいいとさえ思っていました。

いえ、高校時代の話です。

大人になった今、こんなことを言うのは、恥ずかしくさえあります。けれど、間違いなく突破されるバリケードに立てこもる気持ちも、逮捕されるしかない管制塔に突っ込む気持ちも、「燃え上がる一瞬の人生」への渇望として共感しました。生きているのに、死んだふりはしたくなかったのです。生きるとは、ただ呼吸し、食事し、睡眠を取ることではなく、燃え上がる一瞬を生きることでありたいと思っていたのです。

それは、不可能な願望だという気持ちももちろん、ありました。

だからこそ、幻の一瞬を渇望したのです。

そして、僕は自分の渇望のエネルギーに自分で恐怖したのです。このエネルギーは、僕をいったい、どこに連れていくのだろうと怯えたのです。

もちろん、高校時代から演劇をやっていましたから、舞台の興奮も拍手も経験していました。が、そんな高揚ではない、この瞬間、死んでもいいと思える高揚を僕は求めていたのです。

Aさん、次回で、この作品は終わります。どうか、最後の最後に、連絡をいただけないでしょうか？

「読んでいた」でも「迷惑だった」でもなんでもかまいません。理想は、1時間でもいいから、今のあなたと話すことです。

「ガープの世界」という映画をご存知でしょうか？　あの中で一瞬登場する、女性解放運動の教祖にされた女性と、ガープのような出会い方でもかまいません。一瞬でも、あなたと話せることを僕は夢想します。

「どうして？」と問われたら、もちろん、あなたに惚れたからです。ヘルメットをかぶって微笑むあなたに魅かれ、惚れたからこそ、話したいのです。あの時代、あの空気、あの風景、そして、あなた自身を。

惚れるということは、相手の人生を感じるということです。それは、自分の人生を感じることでもあるのです。

僕はあなたと話すことで、今の自分の人生を確認したいのです。

今、自分は、自分の人生にプライドを持っているのか？　ちゃんと生きていると言えるのか？　忙しくて生きたふりをしているだけなのか？　抽象的な人生を生きているだけなのか？　抽象と抽象を選び続けているだけなのか？

僕はあなたがあなたの人生をどう思っているかを聞きたいのです。

僕は待ちます。

最終回の締め切りは、９月15日です。時間はありませんが、どうか、連絡してください。どんな方法でもかまいません。編集部に手紙でも、僕の事務所サードステージにメールでも、僕の利用する駅のホームの向かい側に立って小さく手を振るのでも、僕はかまいません。駅の階段を昇りながら、後ろから、「１時間だけ話しましょうか？」と声をかけてもらってもかまいません。Ａさん、僕は待っています。

それが、この作品の終わりです。


体が急に小刻みな振動を感じた。

車が、アスファルトの道から、舗装のない道路へと入ったのだ。

「もうすぐだ」荒川が言った。

もう川の音は聞こえて来なかった。

14

まったく眠くならなかった。ただ、窓の外の流れる風景を見ていた。

新幹線から見れば、日本の風景のほとんどは、田舎だと思った。ビルがいくつか見えても、どこか、くすんだ印象だった。さびれた地方都市の鬱屈が、くすんだビルの窓のひとつひとつにへばりついていた。

三つ先の座席に座っている荒川の腕がだらりと下がっている。寝ているのだろう。僕には、そんな神経はない。

荒川は、別々の場所に座ることを、当然のように指示した。

東京から、諫早湾まで、列車なら8時間ほどかかる。飛行機に乗れない以上、我慢強く旅をするしかない。

僕の足元には、過酸化アセトン爆弾が入ったバッグがある。山奥の実験は成功した。水のない河原で、爆弾は乾いた音を立てた。

小さな音だったが、僕は、いきなり心臓を鷲掴みされたようなショックを受けた。

お前は、いよいよ川を渡るんだと、その音は僕に告げた。煙の束が、曇り空に溶けていった。木霊《こだま》は、すぐに消えた。

荒川は、しきりにうなずいていた。僕は、両足に力を入れて必死で踏ん張っていた。力を抜けば、その場にへたり込みそうだった。一度、座り込めば、しばらく立ち上がれそうになかった。

それから、2週間と三日かかって、実験の20倍の〝製品〟を作った。

僕は、新宿と渋谷の大手スーパーで、トイレ用洗剤と漂白剤を買っては、荒川のアパートに届けた。

尾行はなかったと思う。ここ2カ月ほど、とても神経質になっていた。何十人かのチームでやられたら見抜くことは不可能だが、数人の尾行なら嗅ぎ分けられると思った。タクシーを乗り換え、電車のドアが閉まる直前に飛び出し、いったん乗った電車からすぐに降りたりを繰り返しながら、少人数の尾行に対しては、警戒した。

今回で終わりと『すばる』に書いたことが、廃人になる可能性と足音を遠ざけたのかもしれない。それとも、執行を猶予されているだけなのかもしれない。考え出すと、終わりがない。

けれど今の僕には目的がある。目的があれば、精神的に完全に落ち込むことはない。

そして、〝製品〟は完成した。

Aさんからの連絡はなかった。

9月15日、ぎりぎりまで待った。編集部にも、サードステージの事務所にも、何の連絡もなかった。

僕は事務所のデスクの人間に、「ためらいがちな電話とか、無言電話とか、意味不明のたった一言とかがあるかもしれないから、気をつけておいて欲しい」と頼んだ。けれど、そんな電話はなかった。意味不明の郵便物もなかった。駅のホームに立ち、正面の人にも注意を集中した。

「あなたの党派は、僕がどこに住み、どの駅を利用し、定期的な仕事のためには、何曜日の何時にホームに立つか知っているんじゃないんですか？」

ホームに立ちながら、そう独り言をつぶやいた。

「けれど、それは組織の情報であって、あなたが自由にできる情報ではないのですか？それとも、全部、僕の考えすぎで、日本革命のためには、僕に関する情報などゴミ以下で、あなたはそもそも、僕があなたに会いたがっていることさえ、知らないのですか？」

ホームに立ったまま、周りをぐるりと見回した。そこには、平和な風景だけがあった。平日の午後、弛緩した雰囲気の漂う人たちが、ぼんやりと電車を待っていた。

●

荒川と相談して決行日は、新月の大潮を選ぶことにした。

諫早湾は、干満の差が激しい場所だった。爆破した時、満潮なら、流れ込む海水によって、干拓地は一気に海に戻るだろう。

堤防の構造も、両サイドにある排水門は、鉄筋コンクリート製の堅牢なものだが、それ以外の部分は、砂を固めたパイルを海底に打ち込んだ比較的柔らかなものだと分かった。

干満の差は、6〜7メートルにもなるという。満潮のタイミングで爆破させれば、押し寄せる海水がかなりの部分の堤防を崩すはずだ。

新月を選んだのは、もちろん、暗闇で事を進めるためだ。

爆弾が完成してから、九日待って、僕達は出発した。

●

新幹線は、岡山駅を過ぎた。東京で乗ってから4時間たっている。

この駅で、僕は27年前、管制塔の占拠のニュースを見た。あの時は、大学に入学するために、岡山駅から新幹線に乗って、東京駅に向かった。

今、僕は逆に、九州に向かう新幹線に乗っている。

駅前の喧騒を過ぎれば、すぐに地方都市のくすみが現れ始めた。東京の真似をしようとして、まがい物の東京を演じているビルが見えてくる。ビルはまがい物でも、欲望は同じだ。

同じく地方都市出身の僕には、よく分かる。まがい物しかない街で、本物の欲望は、行き先を求めて途方に暮れたり、狂暴化したりする。

だんだんと畑が増えていく風景を見ながら、僕はどうしてこうなったんだろうと、ふと思う。

諫早湾に近づきながら、僕はまだ迷っている。これが最善の方法なのか。最善など、誰が判断できるのか。人は最善と思いながら行動するのか。それとも、後悔しながら、それでもこれしかないと決めるのか。

こんなに、人生について考えたことは、しばらくなかったと思う。これが、人生のリアルに触れるということか。

他に方法はなかったのかと、窓の外の風景を見ながらまた思う。畑の合間に、ぽつぽつと民家が建っている。洗濯物が下がり、窓が開いている。どんな生活をしているんだろうと目を凝らそうとすると、新幹線は唐突にトンネルに入る。

一瞬、暴力的な風が、窓ガラスを揺らし波動となって顔に当たる。

他にどんな人生があったのだろう。足元の茶色いバッグを見ながらつぶやく。

Aさん、あなたのことも同時に思う。あなたには、他にどんな人生があったのだろう？トンネルの暗闇、窓に映る自分の顔を見ながら、僕はAさんのもうひとつの人生を勝手に想像する。Aさんからの連絡がないからこそ、僕は勝手にAさんの人生を想像する。あったかもしれないもう一つの人生を想像する。

●

例えばそれは、東京を遠く離れたどこかで、平凡な主婦になっている生活だ。

あなたは、大学を中退し、非公然活動を続ける。そして、内ゲバの激しい応酬に心底、疲れ切る。原因のひとつを自分が作ったのかもしれないと思えば思うほど、気が狂いそうになり、夜中に叫び出し、自分をコントロールできなくなる。

そして、三人一組での移動の最中、ふらりとあなたは、反対側のホームに入ってきた列車に乗る。

あまりに突然で、そんな素振りもなかっただけに、仲間達は、突然消えたあなたを、最初、敵対党派に拉致《らち》されたのではないかと考えた。

けれど、あなたは、ただ、ふらりと反対方向の電車に乗っただけだった。高校時代、学校に行くのが嫌で、ふらりと反対側の電車に乗ったように。

その電車は、あなたを海沿いの駅に連れて行く。

海の匂いに魅かれて、あなたは電車を降りる。少し離れた所に、改札が見える。が、あなたは小銭しかない。気づかれないようにと、駅の柵を越え、海岸に向かって走る。

走って走って、一人っきりになったのは、じつは、数年ぶりだとあなたは、はっとする。

どうしてこんなことになったんだろうと考える。一緒に戦っていた恋人とも、連絡が取れなくなってずいぶんになる。

後悔はしてないけれど、これしか方法がなかったのかと思う。

自分がどんなに疲れ切っているのか、あなたは砂浜に腰を下ろして自分の体の声を聞き、愕然とする。そして、人の声が聞こえるたびにびくんとする。自分がどんなに怯えているのかにも絶望的に驚く。

あなたは、一晩、そこで考える。海を見つめ、波の音を聞きながら、自分の人生の可能性を考える。自分が一体、なにがしたいのか分からなくなっていることに驚く。季節が、真冬以外なら、あなたは生き延びる。

さらにあなたがラッキーなら、空に雲はなく、早朝、水平線から昇る朝日が見える。

朝日は、生きていくエネルギーを無条件にくれる。

その輝きに背中を押されて、あなたは、1年ぶりに実家に電話する。

そして、尾行をまいた父親とあなたは再会する。父親は、何も言わず、あなたにいくばくかの金を渡し、しばらく、どこかの地方都市で過ごすことを提案する。

そして、父親は、その間に、あなたのパスポートを申請する。

3週間後、あなたは、必死の覚悟でパスポートを受け取りに有楽町に行き、そのまま、羽田空港からアメリカに出発した。1974年9月、内ゲバが凄惨を極めていた時期だった。


この脱出が成功するためには、五つの偶然が必要だった。

ひとつは、ちょうどよく反対側のホームに電車が入って来ること。そして、その電車には疲れ切ったあなたの興味を引くなにか——かわいい子供とか素敵な洋服とか楽しそうな家族連れとか聡明な男性とか——が乗っていて、その横の席が空いていること。季節が真冬ではないこと。朝日が水平線の向こうからはっきりと昇ってくること。有楽町から羽田までの間で同志達にも敵対党派にも捕捉されないこと。

そこから先は、いくつかの人生の可能性がある。

海外で結婚して平凡な主婦になっているかもしれないし、海外で知り合った相手と結婚して日本の地方都市に1980年代の半ばに戻って来ているかもしれない。

もちろん、結婚しないまま、海外でばりばりと働いているという選択肢もある。日本に帰ってきて、地方都市で一人、働くという可能性もある。

僕が初めて、ニューヨークに行った時、知り合った日本人の何人かは、１９７０年脱出組だった。

１９７０年の日本に愛想が尽きて、脱出したのだ。

「時々、夜中に叫びだしたくなるほど日本に帰りたくなる」と言ったのは、カラオケバーで、ピアノを弾いていた女性だった。

１９８６年の時の話だ。あの人は、今、どうしているのだろう。

イギリスで出会った日本人男性は、日本のある劇団の伝説のイギリス公演の参加者だった。その劇団は、１９７４年、イギリスまでの片道切符しか用意しないで、劇団員と日本人観客をイギリスに動員した。

１９６９年に同じ方法でニューヨーク公演を成功させたから、今回も成功すると思ったのだ。帰りの切符代は、興行の成功で買えばいいと本気で信じていた。

が、興行は無残に失敗した。

数人の幹部だけは、わずかな資金で航空券を買い、日本に戻った。残された人たちは、自力で戻れという指令が出た。冗談のようだが、これは本当の話だ。70年前後、こんな無茶苦茶も、普通にあったのだ。

ほとんどの人たちは、現地でバイトしたり、日本から親に送金してもらったりして、なんとか日本に帰った。

だが、そのまま、帰らなかった人たちが何人かいた。現地の男性と結婚した女性もいたし、ただ途方に暮れて残った男性もいた。

僕は、そのうちの一人とイギリスで偶然出会い、興奮した。聞いてみれば、その人は、「なんとなく」と答えた。最初は置き去りにされたと思って怒ったけれど、だんだんどうでもよくなって、なんとなく25年近く、居続けているんだと、その人は答えた。

劇団が募集した観客ツアーにその人は興味本位で参加しただけだ。それが、25年間になろうとするイギリス生活の始まりだった。

●

もっと夢のようなあなたの人生も考える。

知り合いの作家から「甲子園でミスをした元高校球児たちが、1年に1回、四国の山奥に集まり、野球の試合を心から楽しむ集まりがある」というアイデアを聞いたことがある。

僕は、その優しさに感動した。

調べれば、甲子園でミスをした高校球児は、その後、多くの人が大変な目にあっている。

特に、ここ一番のミス、最後のフライを落球したとか、トンネルして逆転されたとかの場合、試合後に、すさまじい嫌がらせや抗議が殺到している。

冗談ではなく、引っ越しせざるをえなくなった人たちがたくさんいる。

無言電話に悩まされ、近所のひそひそ話に疲れ、「あんたの息子のミスが、うちの息子の未来を奪ったのよ」という面罵《めんば》に傷ついて引っ越しを選ぶのだ。

その傾向は、田舎になればなるほど激しいらしい。

そして、ミスをした元高校球児たちは（引っ越しを免れた場合でも）、地域の中で、二度と平穏に野球を楽しむことができなくなる。「またミスするのか？」という心ない野次に突き刺されるのだ。

だからこそ、1年に1回、傷ついた者同士が、心置きなく山奥の球場で野球をすることが、どんなに幸福で楽しいことか。

ここからは僕の空想だ。甲子園の試合を見ていてここ一番でミスをした球児が出ると、その組織、『熱闘甲子園遺児・足ながおじさんの会』は動き出す。名前を調べ、住所を調べ、そして、彼らの落ち着き先を調べる。

『熱闘甲子園遺児・足ながおじさんの会』（略称『熱足会』）は、地域住民の怒りに対しては無力だ。ただ、ミスをした球児に、もう一度、心から楽しく野球をするチャンスをあげようとするだけだ。この組織は、それで充分だと思っている。いや、本当は、もっと助けたいと思っているかもしれないが、できないし目指さない。ただ、1年に1回の〝野球をする楽しみ〟を提供する。

『熱足会』が本当にあったら素敵だと思う。バカバカしいと人は笑うかもしれないが、甲子園で深く傷ついた人が、同じ思いの球児を救いたいと決心すれば、組織を作ることはそんなに不可能なことじゃないと思う。

●

そして、もうひとつ、あるベテラン歌手の老人ホームの実話がある。

日本人なら誰もが知っている有名な歌手が、自分の長年のファンのために老人ホームを開設したという。

ファンは、ずっとその歌手を熱狂的に応援してきた人達だ。20年から30年、客席や楽屋の前や新幹線のホームで応援していれば、歌手もだんだんとそれぞれのファンに気づき、認め、会話するようになる。

そんな、特に熱狂的なファンが、その歌手の周りには、10人ほどいる。

彼女達は、歌手が独身だったから、ずっと独身を通した。が、歌手は、中年の終わりに結婚を選んだ。それでも、彼女達は、ファンを続けている。

その歌手は、自分の金で、老人ホームを作った。そして、その熱狂的なファン達を職員として雇い入れた。みんな、中年から初老の女性だ。50代から60代。将来的には、彼女達は、この老人ホームに介護される側として入居することが決まっている。

歌手は、自分のファンの老後の責任を取ろうと決めたのだ。

この話は事実だが、歌手はその理由を語らないし、老人ホームの存在も公表していない。でも、僕には分かる気がする。勝手に誤解すれば、「長く夢を売ったことへの贖罪《しょくざい》」なのだ。

歌手は夢を売り、「あなたの恋人だ」という幻想を与える。その幻想が強ければ、ファンは一生を歌手に捧げる。歌手が、一生独身でいれば、その幻想は保たれるが、どこかで結婚した場合、ファンの間には、悲鳴と怨嗟《えんさ》の声が上がる。それでも、歌手が、20代や30代の前半で結婚した場合、共についてきたファンの傷は比較的浅い。歌手との結婚の夢をあきらめ、比較的簡単に社会復帰できる。

が、強烈な幻想を維持しながら、中年の終わりに、突然、結婚した場合、ファンはただ、混乱するしかない。そして、自分の人生をすべて捧げてきたファンは、他の人生の可能性を持たないから、その歌手のファンを続けるしかないのだ。

そのことを、「ファンとはそういうものでしょう」と当たり前に感じる歌手と、心痛める歌手がいる。20代から楽屋の前で待ち続け、60代になり、独身のまま、身寄りもなくなっていくファン達の老後を心配する歌手がいる。だから、その歌手は、老人ホームを作った。

ひとつの夢に人生を捧げた人の終焉を、夢を与えた人が責任を取る。本当の意味で責任を取れるかどうかは分からないけれど、とにかく、手を差し伸べる。

●

僕は夢想する。

日本のどこか、例えば、京都の山奥に、ひっそりとたたずむ病院があるんじゃないかと。病院の周りには、豊かな畑と住居用の宿舎があって、花壇も一年中手入れされているんじゃないかと。その病院では、内ゲバで廃人になったり、半身不随になったり、失明したりした人が治療と生活を続けているんじゃないかと。

親が高齢化したり、亡くなったりして、行き場を失った内ゲバで傷ついた人達が、党派を越えて、受け入れられている病院があるんじゃないかと。

党派を越えて――あまりに不可能だからこそ、夢想する意味がある病院。

入院するためのたったひとつの条件は、病院の門をくぐる時、一切の過去を捨てること。病院の中に、過去の対立を持ち込もうとした者は、たとえ歩行困難な患者であっても、強制的に退院を命じられる。

この病院は、ただ、自らの意志によって自分の人生を夢に捧げ、理論によって身体をないがしろにされてきた人間達を受け入れるための場所なのだ。

そして、あなたはそこで職員として働き、下半身不随で失明した男性の車椅子を押している。

あなたは、東京を離れ、ひっそりと生活している時に、この病院の噂を聞いた。

この場所は、60年代末期、ヒッピームーブメントと共に、コミューンが作られた場所だった。ようやく、村人との確執も落ち着きそうに見えた70年代初頭、経済問題であっけなくコミューンはつぶれ、荒れ地だけが残った。村人も、放ったままにして、20年近くたっていた。

あなたは、三日考えて、仕事を捨て、バッグひとつでこの病院の場所を探しあてた。

あなたのような人が、毎年、数人、この病院を訪ねて来る。

あなたが押す車椅子に座る男性は、かつてあなたの対立党派に所属していた。けれど、そんなことは、もう問題にしない。

病院はやがて、老人ホームを併設するようになり、彼はそこに移り、やがて、あなたも入ることになっている。

バールで潰された目の代わりに、あなたは、彼に花壇の花のひとつひとつを描写する。

ここでは、すべての時間が止まっている。もう一度、現実に切り込もうと決意する人は、この病院を去る。決して、この病院のことは語らない。本当に信用できると思った人にしか、本当に困っている人にしか語らない。

誰もが、生命保険に入り、死亡時の受け取り人を病院の代表者にしている。それが、この奇跡を維持するために、自分ができる最大のことだと思っている。

海外で成功した日本人が一人いれば、この病院は始めることができる。

1970年に日本を脱出し、海外で成功し、かつての親友が内ゲバで廃人になったことを知り、胸つぶれるほど悲しんだ日本人が一人いたら、この病院は始めることができる。

入院資格のある人は、無数にいる。コミューンだった跡地も無数にある。けれど残念ながら、全員を受け入れることはできない。

あなたは、車椅子を押しながら、やっと平穏な気持ちになっている自分に気づく。数十年ぶりに、あなたは心の底から、花を見て微笑んでいる。

●

新幹線が博多駅に着いた。

ここから、諫早市まで、レンタカーで行くことにしていた。博多のレンタカーなら、特定されることは少ないと考えたのだ。

諫早市だと、危険すぎる。が、夜の行動を考えれば、車がなければ計画は進まない。

レンタカーのオフィスに入る荒川を、少し離れた大通りから見ていた。

20分ほどして、荒川の運転する車が大通りに現れた。

革手袋をした手でドアを開けた。この車の中に、僕の指紋は一切、残さない。

諫早市までは、3時間半はかかる。着くのは、夜9時を回るだろう。

「免許証、よかったんですか？」言ってもムダなことが、口から出てくる。

荒川は、僕の方を見ないで、軽く言った。「人民の車を接収するわけにはいかないからね。それは、人民の大義にもとる。そういうことをやってきて、かつての我々は、人民の信頼を失ってきたんだ」

荒川は、決心しているのだろうか。レンタカーを借りる時には、免許証のコピーを取られる。それが嫌なら、車を盗むしかない。それを拒否するのなら、コピーを与え、覚悟するしかない。

車は、高速道路の入口に進んだ。ずっと前を見ながら、荒川がまた言った。

「本当は、偽造の免許証が一番、いいんだ。でも、精巧な偽造免許証を作るのは、大変だからね。組織的にも、大変な作業になる。ほとんどの組織にとって不可能だし、もし可能でも、ものすごく疲弊するだろうね」

荒川の横顔は、生き生きとしていた。

ずいぶん若返ったなと、思った。初めて会った時の、自分を持て余している感覚も、早く年老いてすべてを諦めてしまおうという願望も、今は匂わなかった。

諫早市までの3時間半、僕は、ずっとAさんの人生の可能性を考えていた。

いくらでも、選択肢は考えついた。もっともっと夢のような人生も浮かんだ。

諫早市に入った時には、辺りは真っ暗になっていた。

●

小長井《こながい》漁協側の北部排水門ではなく、7キロ反対側の南部排水門から、潮受け堤防に入ろうと決めていた。

北部排水門には、長崎県の干拓事務所がある。かつて、抗議行動の標的のひとつにされたビルだ。

抗議行動は、いつも北部側で行われる。必然的に、堤防に入る門はいつも閉じられ、警戒されている。

が、南部排水門は、民家の間を抜け、干拓地側の磯に降りれば、堤防まで行くことができる。『リンダ　リンダ』の取材で来た時に確かめておいたのだ。

諫早市街でいったん車を止め、博多で買ったおにぎりの残りをミネラルウォーターと共に胃に流し込んだ。食欲はまったくなかったが、とにかく体力のために食べようと思った。

20分休憩して、車を発進させた。

国道をしばらく走り、目指すバス停を見つけた。イチゴの形をした小さな建物だ。この辺りは、果物の形をしたバス停が続いていた。夜の暗闇でも、シルエットはうっすらと分かる。

バス停を右に折れて脇道に入った。農道のような細い道を走りながら、目的の民家を目指した。

5分ほど走って、目的地についた。腕時計を見ると、10時を数分過ぎていた。

荒川を見つめ、軽くうなづいた。荒川も、うなづき返した。

素早くバッグを持って車のドアを開けた。堤防に爆弾を置きにいくのは、僕の仕事だ。それが、爆弾を作ってくれた荒川に対する、僕の気持ちの表し方だった。

荒川の車は、そのままゆっくりと発進した。

ここに車を止めておくわけにはいかない。ここで目撃されたら、すべてが終わるのだ。

茶色のバッグを肩から斜めにかけて、ゆっくりと歩き始めた。

民家と民家の間の、小さな路地に入っていく。砂利を踏む音が気になる。

右側の民家の窓から、テレビの音が聞こえてくる。なにかのドラマだろう。聞き覚えのある俳優の声だ。

左側の民家は静かだ。

突然、窓が開いて、「泥棒！」と叫ばれたら、この計画は終わる。息を潜め、足音を立てないように、全身で集中して路地を歩いていく。

家の間を15メートルほど進んで、小さな土手にぶつかった。正面には、人が1人通れるぐらいのすき間が空いていて、浜辺へと続くコンクリートの階段があった。

土手を抜け、階段を落りると、急に視界が開け、暗闇の巨大なカーテンが目の前に広がった。

その暗さに思わず、ため息が出た。

黒いカーテンの向こうから、かすかに波の音が聞こえる。

ここから排水門までは約200メートル。半分が砂浜で、半分が磯だ。砂浜はまだなんとかなるが、磯は極めて滑りやすい。辿り着くまでに、20分近くかかるかもしれない。暗闇の中、柔らかな砂浜を歩く感覚は、とても奇妙だ。まるで目隠しをして走っているような不安定さを感じる。

数歩歩いたところで、いきなり砂に足をとられてバランスを崩した。思わず、右手で砂に手をつく。同時に、背中に汗が吹き出た。

過酸化アセトン爆弾が入ったバッグをとっさに手でおさえた。叫びそうになった。ゆっくりとバランスを取り戻して、立ち上がった。心臓が痛いほど連打している。肩で呼吸しながら、正面に目を凝らせば、黒色のカーテンの中に、さらに黒く巨大な堤防が浮かんでいた。排水門をコントロールする四角い大きな部屋は細い柱で空中に固定されていて、高床式のビルのように見えた。

バッグの中から、ミニライトを取り出して、足元を照らした。劇場で、照明や音響のオペレーターが手元を照らすために使っているライトだ。明かりが周りに広がらず、狭い空間だけを照らすことができる。僕が知っている、一番目立たないライトだ。

三歩先まで照らして、砂浜を目に焼きつけたあと、ライトを消した。どんなライトでも、使い続けるわけにはいかない。

ジーパンの後ろポケットにライトを差し込み、バッグを背中側に回して、再び歩き始めた。

波の音がだんだんと近づいてくる。車の走る音も遠くに聞こえる。テレビの音も、かすかな人声も。

　左手には、遠くに街の明かりが見える。干拓地の向こうには、街が広がっているのだ。右手は、濃淡のある黒のカーテンだ。諫早湾から有明海が広がっている。カーテンの上方、空が濃い灰色になっている。どこかの街の明かりが反射しているのだろうか。

　砂が靴の中に入って来る。地面が崩れる。体重を加えるたびに、地面は崩れる。固さを求めるたびに、根拠を失う。支えるものを失っても、倒れるわけにはいかない。

●

　どれぐらい歩いただろう。

　いきなり地面が固くなって、それが動いて足を取られた。

　小さな悲鳴が口から出た。

　バッグをかばうように、正面から倒れた。肘が水を打つ音がして、手のひらに冷たさを感じた。膝にも、水を感じた。そして、背中に回したバッグの重さを感じる。

　慌てて立ち上がり、後ろポケットのライトを抜き出した。

　砂浜が終わって、磯が始まる場所だった。大きな石がごろりと転がっていた。この上に足を置いたのだ。

　三歩先までを照らした。

　水に濡れた岩と石がごろごろと並んでいた。

　濡れた手を鼻に近づけてみた。磯の香は、しなかった。堤防の手前、干拓地側の水は、もう淡水になっているのだ。舌を小さく出して、ほんの少しなめてみた。しょっぱくもなかった。

ライトを消して、歩きだした。

そして、すぐに転んだ。

今度は、悲鳴を抑えられなかった。

右半身をぶつけたまま、立ち上がれなかった。息を荒くしたまま、胎児のようにうずくまっていた。爆発しなかった奇跡に、感謝するだけだった。

しばらくして、ようやく落ち着いた。立ち上がらずに、右手を前に出した。そして、左手を。右膝に冷たさを感じた。左膝にも。

ゆっくりと四つんばいで進み始めた。一番、安心できる進み方だった。

なにも考えないようにした。ただ、四つんばいを続けた。バッグが背中からずり落ちそうになり、そのたびに動きを止めて、背中に戻した。

手に何かのぬめりがまとわりつき、膝には水で濡れたジーパンがへばりついた。やがて、手も膝もひりひりと痛み始めた。けれど、転ぶ恐怖よりは、何倍もましだった。

しばらく四つんばいで進んで、苦しくなると立ち上がり、伸びをした。

そのたびに、排水門の大きなシルエットがだんだんと近づいて来ることが、単純に嬉しかった。高床式の部屋は、いくつも中空に並んで浮いていた。

10回近く伸びを繰り返して、なだらかなコンクリートの壁にたどり着いた。壁に体重をかけて見上げれば、暗黒のカーテンの中に、四角い影が上空へと続いていた。排水門だった。排水門の土台になる土手に、ようやくたどり着いたのだ。

バッグを背中からお腹側に回して、土手に仰向けに寄り掛かった。手のひらと膝の痛みは、思ったよりも感じなかった。興奮しているからだろう。手のひらの汚れをジーパンにこすりつけた。

暗黒のカーテンの片隅に星が見えていた。

新月の大潮で月は見えない。曇り空で、さっきまでは、星も見えなかった。

喉が異様に渇いていることに気づいた。どうして飲み物を持ってこなかったんだろうと、星を見ながら後悔した。

ツバを飲み込んで、排水門の土手伝いに歩き始めた。土手は2メートルほどの高さで、30度ほどの傾斜がついている。

高床式の建物にも、土手の上にも人の気配はしない。

排水門全体の長さは、20メートルほどだろうか。体のバランスを取りながら、土手の一番下をゆっくりと歩いた。左側が磯、右側が土手だ。右手が、ザラザラとした土手のコンクリートに触れる。

排水門を抜ければ、潮受け堤防だ。排水門も堤防も、同じ土手で続いている。

爆弾をしかける場所は、なるべく、堤防の真ん中に近い方がいいだろうと判断していた。

ただ、土手は、斜めなので、なかなか歩きにくい。体を傾けてゆっくりと歩いているうちに、思い切って、堤防の上に出てみようかという気持ちになってきた。

左側後方の排水門を管理する建物をちらちらと見ながら、斜めの土手を慎重に登った。

そして、堤防の上にたどり着いた。そのまま立ち上がるには、勇気が要《い》った。

堤防の上の部分は、アスファルト舗装された道路になっていた。２９３枚のギロチンが落とされた跡だ。北部排水門までの全長７キロの舗装道路。舗装部分の両側に未舗装の土の部分があり、それが土手につながっている。全体の幅は、３メートルほどか。

振り向き、もう一度、南部排水門の空中に浮かぶビルを見た。

やはり、人の気配はしない。

ゆっくりと立ち上がり、堤防の真ん中目指して舗装道路を歩き出した。

暗い海の中に突然現れた１本の道を歩くような不思議な感覚だった。海が二つに割れてできた道ではなく、海を強引に二つに割って作った道を歩いている感覚。二つに割って海を殺した道を歩いている現実。

右側は、有明海に通じる諫早湾だ。左側は、干拓地に通じる調整池だ。

風が、左から右へと吹いていく。少し肌寒いが、それが却って興奮した身体には気持ちいい。

右側からは、海の匂いと波の音が伝わってくる。左側からは、静けさだけが伝わる。

体の右半分がざわざわと反応しているのが分かる。海という自然に反応して、興奮しているのだろう。

左側の体は、戸惑っている。自然なのか人工なのか、生きているのか死んでいるのか分からないと、体が困惑しているのを感じる。

暗闇に、舗装道路の真ん中の白線だけがぼんやりと見えた。黒一色の中、まるでなにかの道しるべのように、白線が伸びている。思わず白線の上を歩くようになる。

この白い線をたどれば、どこにたどり着くのだろう。

白線のずっと向こうに目をこらす。けれど、白線の先は暗闇に溶けて消えている。先の見えない白線の上を、歩いていく。

ごうと、陸風が吹く。体の左側で風を受ける。匂いのない風。自然ではなく、生活を感じる風。

暗闇の中、1本の白い道だけが浮かび上がる。世界は、暗闇と白い線だけだ。暗闇に包まれて、白い線の上を歩く。

怯えながら、高揚している自分を感じる。

僕は陸風に吹かれ、右半身で波の音を聞きながら、歴史的な場所を歩いている。国家が立ち入ることを禁止した場所に、個人の僕が歩いている。具体的に、リアルに、僕は国家が引いた白い線の上を歩いている。

自然と両手が上がってきた。両手を体の横に伸ばし、陸風を受ける飛行機のように進んでいく。思いっきり、叫びそうになる。

僕は、今、海の上に引かれた白い線でもなく、空中に引かれた白い線でもなく、国家が引いた暗闇に浮かぶ白い線の上を歩いている。

暗闇に消えていく白い線の上を歩いている。

●

30分ほど歩いた所で土手を左側に下りた。

7キロある堤防の正確な真ん中にまで行く必要はないと考えていた。かかる時間と爆発効果と危険を考えれば、1/3の所で充分だと判断した。

バッグの中から携帯を取り出して、荒川に電話した。会話はない。1回、鳴らすだけだ。それでも、携帯の画面はどきりとするぐらい明るい。

爆弾をバッグから取り出しながら、Aさんの人生の可能性をさらに考えた。

国家の横暴を阻止するために、それぞれがそれぞれにできる仕事だけをつなぐ組織があったとしたら。

例えば、その昔、指名手配の政治犯を、誰とは知らず、ただ、信頼する人に頼まれたからという理由だけで数日間泊めていた無名の市民の活動のように。

その市民は、党派とも政治活動とも関係はない。ただ、国家に対して、つねに距離を置こうとしているだけだ。「国家と戦う」という考えさえないかもしれない。ただ、個人の尊厳を国家に踏みつぶされたくないと思っているだけだ。

党派の人から見れば、甘いと言われるかもしれない。けれど、それぞれが無理なくできることをするという持続的な戦いとはそういうものじゃないだろうか。

そんな組織があれば、荒川は、偽造の免許証を手に入れることができる。1枚の免許証が出来上がるまでに携わっている人の誰かが、なんらかの協力をするのだ。最初は、免許証の台紙を1枚、誰かに手渡すことから始まるのかもしれない。

そして、指令は、僕にも来る。僕は、指令の意味が分からない。ただ、僕の仕事部屋の窓から見える民家に出入りする車のナンバーを控えておいて欲しいとだけ伝えられる。

僕は仕事の傍ら、気づいた時に、そのナンバーをメモする。そして、伝える。

そこから先は、分からない。その意味を問いかけもしない。ただ、メモして欲しいと僕に言った人に対する信頼だけがある。

例えば、そのナンバーは、僕の住む街の教育委員会の委員長の車で、もう1台のナンバーは、ある保守系政治家の秘書の車で、その民家は、ある宗教団体の信者のものかもしれない。信者は、誰もマークしないぐらい末端の存在かもしれない。だからこそ、秘密の会合に使われるのかもしれない。

そこから見えてくるものは、教育と政治と宗教の癒着だ。

それが、子供達を国家側に引き寄せる行動なら、組織はさらに調べ、スキャンダルを探し、マスコミにリークする。

が、そんなことは僕は知らない。僕はただ、ナンバーをメモしただけだ。

その現場で、自分のできることをする。自分のしたことの本当の意味を知らない。

そんな組織を作った人達の中の一人に、あなたがいて欲しい。そして、あなたの恋人だった人も。

愛と平和を愛し、反戦を目指そうとした若者達が、ただ、対立する相手の肉体的抹殺だけに情熱を注いだなんてことがあるわけがない。きっと、あらゆる知恵を傾けて、決して、負けない組織を作ったはずだ。

国家に戦いを挑む主体は、手酷く傷つく。けれど、主体が見えなければ、完全には負けることはない。人を殺すことの何百分の一の情熱で、この主体の見えない組織は作り上げられる。

これが、僕が考えた最も夢のような話だ。Aさん、あなたに関して想像した、最も幸福な可能性の話です。

●

爆弾は、土手の一番下、調整池の水面ぎりぎりに置いて、周りを石で囲って動かないようにした。

帰り道、白い線を歩いているうちに、涙が止まらなくなった。最初、それは涙だと分からなかった。自分が泣いているんだと気付いて、自分で驚いた。どうして泣いているのか、嬉しいのか悲しいのか、まったく分からなかった。ただ、涙が止まらなかった。声を出さないように、必死でシャツの袖を嚙んでいた。

陸風が吹けば吹くほど、涙が出た。

磯を四つんばいで歩き、砂浜で転んでいるうちに、気がつけば涙は止まっていた。路地を抜け、国道に向かって歩きだして、僕は荒川に電話をした。

携帯の時計表示は、3時を過ぎていた。

国道の手前の脇道に座り込んだ。国道を走る車のライトが、何度か辺りを明るくした。

荒川の車は、10分ほどして来た。

ドアを開け、助手席に座った。

荒川の顔を見た時、また、泣きそうになった。荒川は、僕の背中に手を回して、ごしごしとこすった。ただ黙って、ごしごしとこすった。そして、車を発進させた。

足元に、コンビニの袋があった。中を見ると、ペットボトルのお茶があった。

すぐにフタを開けて一気に飲んだ。喉を通り抜けて、胃にお茶が落ちていくのを感じた。

ようやく、泣きそうな気持ちは消えた。

国道をしばらく走った後、すぐに山側の脇道に入った。

諫早湾を見下ろせる場所を荒川はあらかじめ見つけていたのだ。

近すぎては、爆破の後、逃げきれない。遠すぎれば、堤防の状況を確認できない。

人間を傷つけては絶対にいけない。本当に誰もいないと確認してから、爆破させるのだ。

●

スーパーの駐車場の端で、僕達は待った。

本当は、暗闇の中、動く光がなければ実行しようと決めていた。

が、いざという時になって、不安になった。「誰もいないはずだ」というあいまいな判断でスイッチを押していいのか。リアルな状況に直面して、初めて気付いたのだ。

夜明けに、はっきりと肉眼で確認しようと、どちらからともなく言い出した。

お互いが黙ったまま、2時間半が過ぎた。水平線がゆっくりと青く光り始めた。

車を出て、駐車場の端に立ち、堤防を見下ろした。

荒川が、コンパクト式の双眼鏡を構えた。

のぞいたまま、「いきますか」と小さくつぶやいた。

爆弾のリモコンは、試行錯誤の結果、プリペイド式の携帯電話にした。電話会社に爆弾まで電波を運んでもらうのが、一番確実なのだ。

ポケットから自分の携帯を出し、登録してあるプリペイド携帯の番号を選んだ。

電話すれば、プリペイド携帯が鳴り、電流が走り、起爆装置が動き、堤防は壊され、分断された海はひとつになる。

荒川の顔を見た。双眼鏡から目を離し、こちらを見た。お互いに、しばらく見つめ合った。

爆破の後、僕達は他人に戻ると、お互い約束していた。

二度と連絡はしない。お互いを結ぶものはなにもない。それが、この作戦のルールだ。

「いきます」

小さく言って、通話のボタンを押そうとした瞬間、荒川の手が僕の手首を乱暴に握った。

思わず、僕は自分の携帯を落とした。コンクリートの地面に、携帯は嫌な音をたてた。

荒川を見れば、荒川は、堤防を食い入るように見ている。

「どうして?」堤防に顔を向けて、僕は思わず声を上げた。

荒川の右手が、調整池の反対側、有明海に続く諫早湾側を指している。

「あそこ」

目を凝らせば、そこに、小さな漁船が1艘、浮かんでいた。

何を捕っているのだろう。漁師は、朝もやの中、小振りな投網を打っていた。

諫早湾に来た時にインタビューしたMさんの顔が急に浮かんだ。タイラギ貝を失い、あさりを失ったMさんも、堤防の近くで細々と漁を続けていた。「漁師以外、できないからさ」と快活に笑いながら、漁師を続けているMさんの顔をはっきりと思い出した。

落ちた携帯を拾おうとして、急に手が震え出した。

僕達は、じっと、漁船が堤防から離れるのを待った。

2時間待って、ようやく漁船がいなくなった頃、排水門から堤防に向かって歩く人の姿が見えてきた。

ネズミ色の作業服を着た職員らしい姿だった。思わず、地面に座り込んだ。

疲労が一気に吹き出た。

「そんな……」ため息と共に言葉がでた。

荒川は黙っていた。

携帯を取り出して、もう一度見つめた。地面に当たった部分は、へこんでいる。

プリペイド携帯の番号を選ぶ。今、送信を押せば、爆弾は爆発し、堤防は壊れる。そして、干拓地に海水が戻る。

その番号を見つめているうちに、猛烈な怒りと虚しさがわき上がってきた。すぐにそれは混じり合って、名状しがたい激しい感情に変わった。

「押しちゃいましょうか？」

軽く、荒川に言った。

荒川は、僕を見つめ、動かない。

「押しましょうよ」僕はもう一度、言った。

「いいですよね」

荒川が堤防の方に顔を向けた。僕が、「押しますよ」と言葉をかけようとした直前、荒川がようやく口を開いた。

「昔、いいよって言ったことがあるんだ。いまでも血まみれの手がフラッシュバックするよ。いまでもね……」

荒川は、堤防を見続けていた。荒川の表情は分からなかった。荒川の過去を聞く、最初で最後になるんだろうかと僕は思った。

●

そして、僕達は、東京に戻った。爆弾は回収できなかった。発見されたのか発見されていないのか分からないまま、もう一度、夜に侵入する危険をおかせなかったのだ。

けれど、マスコミのニュースにはなっていない。警察が類似犯の多発を恐れて、意図的に隠したのかもしれない。今までにも、マスコミが気づかなければ、隠そうとした事件はいくつもあった。天皇列車を爆破しようとした反日武装戦線の『虹作戦』もそのひとつだ。

僕達は、もちろん、万が一を考えて、爆弾にはなんの指紋も残していない。

そして、僕と荒川は一晩話して、別々の行動を取ることにした。別れる時期が来たと、二人は同時に思ったのだ。

荒川は就職口を探すという。

もう、僕たちの計画は終わりだ。もし、今後、諫早湾の堤防が爆破されたとしても、それは、僕達じゃない。僕達は、そんなことをするはずがない。僕達以外の誰かだ。

●

今まで、ずっと自分に禁じていた方法を取るしかなかった。

僕はM派と警察に、直接、連絡することだけは避けようと思っていたのだ。

僕は、恋愛の対象として君に会いたかった。政治の延長として、君と〝会見〟したくなかった。

けれど、ヘルメットをかぶった君への最後の可能性にかけて、僕はM派の幹部という人に、あるつてをたのんで会った。

初老に近い感じのその人は、理解できないという顔で言った。

「つまり、指名手配中の同志を差し出せというのか？」

僕は何回も、ただ、君に会いたいのだと言った。政治を語る言葉の前で、恋愛を語るのは、なんとも恥ずかしく、絶望的な気持ちになった。

「集英社は、何をしてくれるんだ？」

初老の男は、横にいた編集者のKさんを見て言った。

それが議論の終わりだった。

なんらかの政治的取引が行われて、幹部の後ろから君が現れたとしたら、そこで、君が日本革命の演説を始めたとしたら——。

僕にも僕の恋愛の終わり方を選択する権利はある、と思った。

●

けれど、それは、本当の終わりではないと、僕は夢想する。

この連載が本になり、なんらかの形で君の手元にまでたどり着くことを夢想する。

そして、この拙い文章が、君の中にある何かを揺さぶることを。

やがて、一人の女性が、胸にこの本を抱え、僕が立つホームの反対側に現れる日が来ることを。

君がたとえ、日本革命の演説を始めても、君が一人なら、僕は聞く。君が、党派の人間に守られず、たった一人で演説を始めるのなら、僕はとことん聞く。

それは、あなたの時効が成立する年なのか、あなたが60歳になる時なのか。

還暦と呼ばれる年齢にあなたがなった時、僕はあなたに、60歳からのあなたの人生の可能性をもう一度話そうと思う。

うんと幸福な可能性や、うんと平凡な可能性まで、僕はそれからのあなたの人生をたくさん、考えておく。

そのひとつひとつに、あなたはなんと答えるのだろう。

その時にも、また、あの手紙は来るのだろうか。ならば、僕は、廃人という言葉に怯えながら、あなたの答えを待つだろう。

それとも、あなたは答える代わりに、やっぱり日本革命の演説を続けるのだろうか。

あなたが一人なら、僕はとことん聞く。あなたを早稲田の記念会堂前へ誘って、とことん聞く。

その日まで、僕のあなたへの旅は、まだ終わらない。

本書はフィクションであり、実在の個人・団体等とは無関係であることをお断りします。

初出……『すばる』二〇〇四年八月〜二〇〇五年一一月号

本書は2006年5月10日、株式会社集英社から発行された単行本を再発行したものです。
旧版 ISBN4-09-774809-X

あとがきにかえて

この作品は、2006年に集英社より発売されました。その後、絶版となっていたのですが、ポット出版さんで再発売していただくことになりました。

どんな事情だったのかというと――

始まりは、『三里塚のイカロス』（代島治彦監督）という映画を見たことでしょう。

2017年公開のドキュメンター映画なのですが、じつに興味深い作品でした。成田に強引に空港を作ろうとしたことによって、いったい、何が起こり、誰が死に、誰が苦しみ続けているか、当事者の証言を元に作られた、じつに見応えのある作品でした。

特に、空港反対派の人達だけではなく、元空港公団の職員さんにもインタビューし〝過激派〟に自宅を爆破された事情を語っている部分や、かつての中心的な活動家が自分の過去を苦渋の表情で語っている部分や、十代で地下要塞を作る作業中に落盤事故にあい、脊椎を損傷して車椅子生活になった元活動家などのインタビューなど、全編、目が離せない内容でした。

代島監督の「いったい、三里塚とはなんだったのか？あの戦いはなんだったのか？そもそも、あの時代は、あの運動はなんだったのか？」という強烈な問題意識によって成立している映画でした。

僕は映画を見ながら「僕と同じことを考えている人がいる」と思いました。あの熱狂はなんだったのか、あの悲惨はなんだったのか、あの戦いはなんだったのか。とにかく知りたいと熱望していた僕は、代島監督もまた同じだと感じました。

代島監督の次の作品『きみが死んだあとで』の公開の時に、上映会の後のゲストに呼ばれました。

『きみが死んだあとで』は、1967年に18歳で亡くなった京大生・山博昭さんをめぐるドキュメント映画でした。10月8日、佐藤栄作首相の南ベトナム訪問を阻止しようとする全学連が、羽田の弁天橋で機動隊と激突、山さんは、死亡します。機動隊に殴られたとも装甲車に轢かれたとも言われています。

彼の同級生や運動の中心だった者達にインタビューしながら、代島監督は、「あの時代とはなんだったのか?学生運動とはなんだったのか?人々はなぜ戦ったのか?なぜ人々は負けたのか?」を問い続けます。

映画を見ながら、僕はまた「ああ、代島監督は僕と同じ疑問をずっと持っているんだなあ」と思っていました。生まれた年も行った大学も同じだということは、その後に知りました。

上映後の対談で、僕は代島監督に「代島さん。三里塚と学生運動の映画を撮ったんですから、いよいよ、次は『内ゲバ』をテーマにしませんか?」と言いました。

そして、「最近、『彼は早稲田で死んだ 大学構内リンチ殺人事件の永遠』(樋口毅)という本が出たんです。早稲田で殺された川口大三郎君をめぐるドキュメントです。著者は川口君の1年後輩で、一般学生として、大学を支配するセクトに戦いを挑んだ記録です。すごい本です。お読みになりましたか？」と聞きました。

代島監督は、「いえ、まだなんですよ」と答えられました。

「僕はこの事件の後、6年後に早稲田に入学しました。でも、雰囲気は全然違ってました。この本には、重苦しく、抑圧された早稲田が描かれています。ほんの数年でこんなに雰囲気が違うのかと驚きました」と僕は話を続けました。

そして「『内ゲバ』のドキュメントを撮って下さい。あれはいったいなんだったのか。どうしてあんなことが起こったのか。実際、『内ゲバ』は、その後の政治状況に深い影響を与えていると僕は思いますよ。若者が政治から離れたのは『連合赤軍事件』の凄惨なリンチ殺人が原因だと言われていますが、僕はそれ以上に『内ゲバ』の方が大きいと思います。ぜひ、『内ゲバ』の映画を撮って下さい」と繰り返しました。

対談を終えると、客席から一人の男性が走って来ました。代島監督と僕の前まで来て「私が『彼は早稲田で死んだ』を書いた樋口です」とおっしゃいました。僕は驚きました。ツイッターで、僕は『彼は早稲田で死んだ』を読んで感動したことをつぶやいていました。樋口さんはそれを知って、代島監督にも興味があって、東京での上映会に大阪からいらしていたのです。

代島監督は、その場で『彼は早稲田で死んだ』の本を受け取りました。

それから、数週間後でしたか、代島監督から「川口大三郎君をめぐる映画を撮ろうと思います。樋口さんに先日、会ってきました」という連絡が来ました。そのフットワークの軽さに僕は感動しました。

そして、「鴻上さん。ドキュメント映画なんですけど、その中で、15分ほどの短編ドラマとして『川口大三郎が殺された日』を描いてくれませんか？」と頼まれました。

こうして、映画版『彼は早稲田で死んだ』は、スタートしました。この本の再発売元のポット出版さんも、製作委員会に参加されました。

そのご縁で、ポット出版の沢辺さんから「再発売の提案」をいただいたのです。ありがたいことです。

代島監督から、短編ドラマの提案を受けた時、僕はヘルメットをかぶった君のことを思い出していました。

川口大三郎君を敵対する党派のスパイだと誤解したセクトの学生達は、6時間以上にも渡ってリンチを続けました。

その時のセクトの全学連の委員長が、ヘルメットをかぶった君の恋人でした。

『彼は早稲田で死んだ』では、その時の第一文学部の自治会の委員長だったセクトの人間のその後が書かれています。彼は、川口君の事件の後、大学を中退し、故郷に帰り、半分死んだような人間として人生を終えたと。事件のことは、家族にも誰にも決して口にしなかったと。

代島監督が映画版『彼は早稲田で死んだ』を撮り始めた時、僕はヘルメットをかぶった君がインタビューに応じてくれないかと期待しました。全学連の委員長だった彼も話してくれないかと。

けれど、代島監督によれば、かつての「内ゲバ」の当事者達の口はとてつもなく重いのだそうです。

学生運動の武勇伝や運動の総括とは違って、「内ゲバ」は陰湿で秘密の行動だからでしょうか。憎しみと後悔と殺人の行動だからでしょうか。

当事者達は、みんな、秘密をいっさい語らないで、このまま、死んでいくのかと思います。

どうしてあんなことをしたのか？『きみが死んだあとに』では、運動の当事者達が「あの当時、何を信じて戦ったか」「何が正しく、何が間違っていたと思うか」「今の世の中をどう思うか」を必死に語っていました。

時代の証言として、絶対に残しておくものだと感じました。

「連合赤軍事件」は、ドラマを含めていろいろと残されています。たくさんの証言もあります。

それにくらべて「内ゲバ」の証言は本当に少ないのです。

僕が監督した短編ドラマパートでは、ヘルメットをかぶった君を登場させました。その時、君は20歳。川口君が拉致された教室に駆けつけたクラスメイトに向かって、君が叫んだ言葉も忠実にドラマで再現しました。その時、君は何を感じていたのか？

そして、川口君が死んでしまった後、いや、川口君を殺してしまった後、何を感じていたのか。

そして、今、何を感じているのか。どこにいて、何を感じ、何を思っているのか。

僕は今でも時々、駅のホームに立つと向かい側のホームを眺めます。君が立っていないかと。もう70歳を超した君が、ヘルメットを脱いで立ってはいないかと。

集英社版の本を読んでいないのなら、このポット出版版の本が君に届かないかと。

第二部は、君と出会った所から始まる物語だから。

鴻上尚史
こうかみ・しょうじ
1958年8月2日生まれ。
愛媛県新居浜市出身。早稲田大学法学部卒業。
作家・演出家。

ヘルメットをかぶった君《きみ》に会《あ》いたい

著者 ………… 鴻上尚史

発行 ………… 2023年11月8日［第一版第一刷］

発行所 …… ポット出版プラス

150-0001 東京都渋谷区神宮前2-33-18 #303
電話 03-3478-1774　ファックス 03-3402-5558
ウェブサイト http://www.pot.co.jp/
電子メールアドレス books@pot.co.jp

印刷・製本 ………… シナノ印刷株式会社

イラスト ……………… 塩井浩平

ブックデザイン …… 山田信也（ヤマダデザイン室）

ISBN978-4-86642-020-2　C0093

I want to see you wearing a helmet
by Shoji Kokami
First published in Tokyo Japan, 11. 8, 2023
by Pot Plus Publishing
#303 2-33-18 Jingumae Shibuya-ku
Tokyo,150-0001 JAPAN
http://www.pot.co.jp/
E-Mail: books@pot.co.jp

ISBN978-4-86642-020-2　C0093

本文●ラフクリーム琥珀N・四六判・Y目・71.5kg（0.13）／スミ
カバー●タント・N-7・四六判・Y目・100kg／スミ＋TOYO10102／グロスPP
帯●ユーライト・四六判・Y目・110kg／スミ＋TOYO10102
表紙●モダンクラフト・菊判・T目・137.5kg／スリーエイトブラック
使用書体●筑紫明朝R＋筑紫Aオールド明朝R　筑紫A丸ゴシック　筑紫ゴシック　Frutiger
2023-0101-2.0